天地外國經典文庫

Rabindranath Tagore:
An Anthology of Prose Poems

泰戈爾
散文詩選集

[印度] 羅賓德拉納特・泰戈爾 著
Rabindranath Tagore

吳岩 譯

總序

多元化是香港文化的特徵之一，作為中西文化的薈萃之地，香港文化人手中的讀物，既有四書五經、唐詩宋詞、胡適陳寅恪，也有聖經和莎士比亞、培根和狄更斯。香港文化發展史，其中必不可少的一部份內容就是文化交流史。所謂文化交流，於香港人而言，就是研究和介紹由外國先進思想衍生的普世價值，以及各國的優秀文學作品，作為發展香港文化的借鑒。用著名學者錢鍾書先生的話來說，就是「東海西海，心理攸同；南學北學，道術未裂。」[1] 翻譯家傅雷先生在〈翻譯經驗點滴〉一文中說：「中國人的思想方式和西方人的距離多麼遠。他們喜歡抽象，長於分析；我們喜歡具體，長於綜合。」[2] 可見，同為人類，中國人和西人「心理攸同」；作為不同人種，他們的思維方式各有短長。香港各大學設英國語言文學系、翻譯系、比較文學系，文學院有歐洲和日本研究專業，目的就在於此。在這方面，香港有着足以驕人的成就。茲舉一例。有學者考證，俄國大作家列夫·托爾斯泰最早的中譯本《托氏宗教小說》就是香港禮賢會出版的（時在清光緒三十三年即一九零七年），以此為嚆矢，托爾斯泰的各種著作以後呈扇形輻射到全國各地，被大量迻譯成中文出版，對我國文學界和思想界產生了深遠的影響。[3] 再舉一例，上世紀六、七十年代，香港今日世界出版社聘請了多位著名翻譯家、作家和詩人如張愛玲、余光中、劉以鬯、林以亮、湯新楣、董橋，迻譯了一批美國文學名著，其中包括《美國詩選》《老人與海》《湖濱散記》《人間樂園》等書，到九十年代，這一批書籍已成為名譯，由內地出版社重新印行，對後生學子可謂深致裨益。

本經典文庫的第一和第二輯書目共二十冊。所謂經典，即傳統的權威性著作。它們有別於坊間流行的通俗讀物，以深刻、恢宏、精警見稱，在文學史、哲學史、思想史上具有崇高的地位，古今俱備，題材多樣。作為西方現代派文學的鼻祖，奧國作家卡夫卡的短篇小說《變形記》荒誕離奇，寓意深刻，揭示了社會中的各種異化現象。英國女作家伍爾夫的長篇小說《到燈塔去》以描寫人物的內心世界見長，她是最早運用「意識流」手法進行小說創作的作家之一，語言富有詩意。法國作家加繆的小說《鼠疫》《局外人》，是冶文學和哲理於一爐的存在主義名著，與同為存在主義作家的薩特齊名，在上世紀五十年代中亦因此而獲得諾貝爾文學獎。文庫還收有短篇小說集《都柏林人》（愛爾蘭小說家喬伊斯）及《最後一片葉子》（美國小說家歐·亨利），前者由傳統走向革新，更以代表作、意識流長篇小說《尤利西斯》奠下現代派文學的基礎。歐·亨利以堅持傳統的寫作手法而被稱為美國短篇小說的創始人。希臘哲學家柏拉圖的《對話集》，既是哲學名著，也在美學史佔有重要地位，在散文史上開了論辯文學之先河。英國作家奧威爾的小說《動物農場》，與他的《一九八四》同為寓言體諷刺小說的名著，在當今文學史上享有盛名。意大利作家亞米契斯的兒童文學作品《愛的教育》，早在上世紀初就由民初作家夏丏尊從日譯轉譯為中文，是當時傳誦一時的日記體文學作品，夏氏是我國新文學史上優秀的散文作家，譯文暢達，是以初版迄今，在兩岸三地屢屢重版。英國小說家毛姆的長篇小說《月亮和六便士》，以法國印象派畫家高庚為原型，它刻畫的人物人情練達，冰雪聰明，筆致輕鬆流麗，幽默感人。而這位作家的另一部小說《面紗》，雖非他最著名的作品，但有一點值得注意，這是以香港為背景的經典名著，而且在二零零七年經荷里活改編為電影（譯名《愛在遙遠的附近》）。英國小說家赫胥黎的長篇小說《美麗新世界》，與奧威爾的《一九八四》、俄國作家扎米亞金的《我們》，被譽為文學史上三部最有名的反烏托邦小說。美國小說家海明威的中篇小說《老人與海》，因「精通敍事藝術以及對當代風格的有力影響」而獲得一九五四年諾貝爾文學獎。本輯還收有同一作家上世紀長居巴黎時構思的特寫集《流動的盛宴》，兩書體裁雖略有不同，但都表現了海明威含蓄凝練、搖曳生姿的散文風格。兩輯收入風格迴然不同的兩位日本作家的作品，太宰治被譽為「日本毀滅型私小說家」的代表人物；永井荷風則與川端康成、谷崎潤一郎等唯美派大作家齊名。第二輯新增兩部詩集，其一為《莎士比亞十四行詩集》，其二為《泰戈爾散文詩選集》。前者是西洋詩歌史上最深宏博大的十四行詩集；後者雖然詩制精悍短小，但給予中國早期新詩的影響卻不容小覷，我們可以從胡適、徐志摩、冰心等人的小詩中窺見他的影響。

由於歷史和語言的原因，香港的文化交流存在一定局限性，未能臻於全面。它較集中於英美和日本，其他地域文化如古希臘羅馬、印度、德、法、意、西班牙、俄羅斯乃至拉丁美洲則較少為有關人士顧及。顯然，這不利於開拓香港學子的視野，對他們的思想深度也有所影響。有見及此，我們與相關專家會商，擬定出一套外國經典文庫書目，經資深翻譯家新譯或重訂舊譯，向讀者推出一系列包括文學、哲學、思想、人文科學的經典譯著，分為若干輯次第出版。藉以供香港讀者重溫他們所諳熟的英美日作家、學者的著述，也得以新讀希臘、意大利、法國等國先哲的力作。以後各輯，我們希望能將書目加以擴大，向有一定文化程度的讀者尤其是青年學子，提供更多的經典名著。

對迻譯各書的專家和撰寫導讀的學者，我們謹此表示深切的謝忱。

天地外國經典文庫編輯委員會

二零一九年二月二十日修訂

註釋：

[1]《談藝錄・序》，中華書局（香港）有限公司，一九八六年版。

[2]《傅雷談翻譯》第八頁，當代世界出版社，二零零六年九月。

[3] 戈寶權〈托爾斯泰和中國〉，載《托爾斯泰研究論文集》，上海譯文出版社，一九八三年版。

目錄

導讀

還記得那些讀過的詩歌嗎？

生命中不能忘掉之詩

一個人從牙牙學語到大致能掌握讀寫聽説，時間長短需視乎個人及環境等各項因素，但十數年的光陰大概少不了。其間，我們總會閱讀過、背誦過一些詩歌，最後自然是忘記的多，記得的少。我們不一定能成為詩人，但那些觸動過你我的詩句卻總能在某些時刻浮現，提醒我們——你此刻的遭遇與情感，也曾經有人經歷過。

只是，經歷易得，而且人人可有，為何詩人寫下的，就成了歷久不衰，人人歌頌的詩句呢？試比較以下例子：

「到了深夜我忽然想家」→「舉頭望明月，低頭思故鄉。」

「沙土和花朵都很美」→「從一粒沙去看世界，從一朵花去看天堂。」[1]

「河道上的石子多麼光滑」→「使卵石臻於完美的，並非錘的打擊，而是水的且歌且舞。」[2]

文字，我們都懂得，詞句，我們都能寫出。每一段出色的詩句（上面的第三句就是出自泰戈爾的手筆），卻能煥發出一份新奇的感覺，並令讀者驚訝：我們自以為早已熟悉的每一個字詞，其實蘊藏着無限感染人心的神奇魅力。

詩人生平簡介

羅賓德拉納特．泰戈爾（Rabindranath Tagore, 1861-1941），生於印度加爾各答，是家中最小的兒子。泰戈爾家族是當地的望族，家中成員也多參與文學、藝術、戲劇等創作活動。泰戈爾的父親希望兒子成為一名律師，就在一八七八年把他送到英國，但過了不久泰戈爾便放棄修讀法律。事實上，泰戈爾本身很不喜歡傳統正規的教育，他渴求知識而不想受到拘束，熱愛寫作而不願被俗務打斷，這與他詩句中的率性可說是相輔相承的。一八九零年，泰戈爾父親給他管理祖業田產，泰戈爾亦在該段時間創辦學校，從而對平民階層有更多的接觸和了解。在反抗英國殖民統治的運動中，他以詩歌表現其愛國心，但隨後慢慢亦與反抗者保持距離。泰戈爾在一九一三年獲得諾貝爾文學獎——「因其深邃感性、清新與優美的詩句，連同詩中表現的圓融技巧，詩人以英語使其詩意思想，成為西方文學傳統的一部份。」泰戈爾在獲獎後譽滿全球，同時亦把關懷重心放到世界，他出訪過不同國家，並曾與大量的名人學者會面，如甘地、愛因斯坦、徐志摩等等，不少會面均成為美談，不少演說也整理為講辭出版。一九四一年八月七日，詩人在加爾各答與世長辭。[3]

泰戈爾詩歌的特色

泰戈爾一生詩耕不斷，有說他八歲時已寫下他的第一首詩作，這麼說來他一共寫了超過七十年詩了。他的詩在華文世界廣為人知，但他的散文、劇作、短篇小說也一樣有名。本書收錄的詩歌在形式上多為散文詩體，每段之間並沒有緊密的連結；內容方面，詩人多喜歡歌頌自然，並嚮往天真純樸的美與善，偶爾則流露對時光流逝、物是人非的嘆息。

技巧上，泰戈爾無論在抒情或比喻時都是直接的，例如在《園丁集》及《遊思集》裏，每篇多以獨白或對話構成，話裏談到的多不出以下的題材：

男女的邂逅：「從一顆心的未知的島上，吹來了一絲突如其來的、溫暖的、春天的氣息。」（《園丁集・二二》）

相戀的甜蜜：「你我之間的這種愛情，單純如歌曲。」（《園丁集・一六》）

思念的煎熬：「夜間，歌曲浮上我的心頭；可是你不在我的身邊。」（《遊思集·十七》）

除了直接抒情、比喻淺白之外，詩人也愛用首尾呼應營造戲劇效果。如此一來，部份詩歌（如上述提到的）現今讀來未免略嫌陳套，情感也稍為外露，不過，例外者如本書的〈序詩〉或《園丁集·一》等，節奏流暢、情感自然之餘，亦不失故事性。又如詩人在《新月集》裏化身為孩童（與母親），純真地述說眼中所見家庭、社區的模樣以及母子間的親情，到了最後，我們才發覺，原來詩輯裏的孩子已經不在人世，《新月集》最後幾章的詩篇，筆調哀而無怨，淡而感人，更能令讀者體會到，生與死的距離，或許不如我們想像般遙遠，更無阻天地間最真摯的深情。

對一般讀者來說，《飛鳥集》可能是泰戈爾最為人熟悉的詩集，當中全以短句組成，讀來有警句、金句，或格言體的感覺，例如：「時間是變化的財富，然而時鐘拙劣的模仿，卻只有變化而毫無財富。」（《飛鳥集·一三九》）愛把兩件相反事物、概念放在一起，形成反差，正是泰戈爾的拿手好戲。這些短詩，除了顯出他的機智，也突現了詩人心靈積極正向，且堅持以柔韌對抗艱難，以善念超脫苦難——「人類的歷史，耐心地等待着被侮辱者的勝利。」（《飛鳥集·三一六》）

結語：彼岸河畔，園丁頌歌

香港一向不乏詩歌創作，而當代大部份以華文創作的優秀詩人都曾居住香港、書寫香港（如余光中、也斯等等）。另外，每年也新人輩出，詩集的出版亦甚為蓬勃。儘管讀詩與寫詩或仍會給人小眾的感覺，但有心留意的話，自不難找到契合心靈且可觀可賞的詩作。那麼，此時此地，我們該以一種怎樣的方式去再次閱讀泰戈爾？甚或，有意創作詩歌，或已在詩歌征途上的詩人又該如何（或者，是否需要）回應泰戈爾的詩作？

泰氏描寫純真的平民大眾、優美的鄉間自然，有其動人一面，但這些內容放到此間，難免與我們略有隔閡。當然，好人好事在媒體上仍時有報道，熱愛山水的也大有人在，不過妄求多接觸大自然、以寬廣的胸懷去面對城市生活中的一切不如意，就難以切合時移世易所帶來的落差。至於談到創作，再去寫一些思想風格與泰戈爾相像的詩句，就更容易淪為網絡體的微散文或心靈雞湯式的濫調，在屏幕上還沒停留多於半秒便隨着滑鼠的步伐而消逝。

我們閱讀泰戈爾，為的是感受詩人淵厚良善的心靈之餘，也不忽視他經常善於呈現的一種獨特視角——在泰戈爾的詩歌裏，時間與空間有凝止、有壓縮、亦有延展，無論是至小到最大、剎那到永久，皆隨心所欲地操控於詩人的筆下。這是種存乎一心的詩藝，可是，要學懂如何一心以運，卻非一朝一夕的事。換句話說，他的詩可作為提升詩歌境界的路標——是否需要時刻牢牢盯緊則因人而異。

或許，泰戈爾某小部份略見浮淺的詩篇，與網絡盛行一時的圖文金句看來形有相似（事實上他的詩句也為製圖者所喜用），但我們無需過份憂慮，擔心網絡發展終會把泰戈爾完全蓋過。就像不少其他詩集一樣，我們閱讀泰戈爾，實可以隨便翻到任何一頁開始讀起，如果讀到心有共鳴的，不妨先停下來沉澱一番，假如未有感應的，也可以略過跳讀或闔上書本停頓一下，這不也正像我們在網絡中隨意漫遊的狀況？「我跋涉的時間是漫長的，跋涉的道路也是漫長的。」[4] 長路漫漫，詞句方能成為詩句，這些詩句，刻印在書頁中也好，顯示於屏幕上也好，一瞬的觸動將成一生的銘記。泰戈爾泉下有知，只會欣慰而不感介意。

詩歌整天帶領我走進歡樂和痛苦的神秘境界，而最後，在我旅途終點的黃昏裏，詩歌又將帶我到甚麼宮門口呢？（《吉檀迦利·一〇一》）

如果人類文明是一支歌，詩歌總會響着屬於自己的獨特亮聲，即使在融入精神與物質文明的江河以後，仍不會沒頂消失，反而每每能潤澤一代又一代的敏感心靈，悠悠水聲將因此更為動聽。

劉安廉

註釋：

[1] 英國詩人威廉・布萊克（William Blake）著名詩作〈天真的預示〉（*Auguries of Innocence*）的首兩句。原文為 "To See a World in a Grain of Sand. / And a Heaven in a Wild Flower."

[2] 出自泰戈爾的《飛鳥集》（一二六）。此詩亦收錄於本書中。

[3] 詩人生平據 *The Essential Tagore* 一書及維基百科英語版撮寫而成。

[4] 《吉檀迦利》（一二）

劉安廉，筆名子陵。嶺南大學翻譯系畢業，香港中文大學翻譯系文學碩士，伯明翰大學古代史文學碩士。火苗文學工作室成員。業餘譯寫人。

序詩

我在這兒把我的詩篇獻給你，
密密地寫滿這個本子，
彷彿一隻籠子裏擠滿了鳥兒。
我的詩句成群地飛過的
那蔚藍的空間，那環繞星辰的無限，
可都留在詩集外邊了。
從黑夜的心頭摘下的繁星，
密密地串成一條項鏈，
也許可在天堂近郊
珠寶商手裏售個高價，
然而眾神會惦記、懷念
那神聖而不分明的空靈價值。

且想像一首詩歌，像飛魚，突然
從時間的靜默深淵中閃爍地一躍而起！
你可想把它網住，
把它同一群俘獲的魚兒
一起陳列在玻璃缸裏？
在公子王孫悠閒的豪華時代裏，
詩人天天在慷慨的君王面前
吟詠他的詩篇；
當時沒有印刷機的幽靈
以喑啞的黑色
塗抹那音調鏗鏘的閒暇的背景，
詩篇倒在不相干的自然伴奏下生氣勃勃，
當時一節節詩句
也不是排成一塊塊整齊的字母，
叫人默默地囫圇吞下去的。
唉，專供耳朵靜聽細聽的詩篇，

今天在主人挑剔的眼前給束縛住了，
彷彿一行行用鐵鏈鎖起來的奴隸，
被放逐到無聲紙張的蒼白裏去了；
而那些受到永恆親吻的詩歌，
已經在出版商的市場上迷失了道路。
因為這是個匆忙而擁擠的亡命時代，
抒情女神
不得不乘電車和公共汽車
去赴心靈的約會。

我嘆息，我恨不生在
　迦梨陀娑[1]的時代，
而你是——這種胡思亂想
　又有甚麼用處？
我絕望地生在繁忙的印刷機時代
　——一個姍姍來遲的迦梨陀娑，

而你，我的情人，卻是全然摩登的。

你躺在安樂椅上，
懶洋洋地翻閱着我的詩篇，
而你從來無緣半閉着眼睛
靜聽低吟詩歌的韻律，
聽罷還給詩人戴上玫瑰花冠。
你付出的唯一代價，
就是在大學廣場上
付給那書亭售貨員
幾枚銀幣。

註釋：

[1] 迦梨陀娑：印度古代劇作家、詩人，約生於四到五世紀的笈多王朝。著有《雲使》、《沙恭達羅》等。

園丁集

序

印在這本書裏的、從孟加拉文譯過來的、關於愛情和人生的抒情詩，寫作的年代，大部份比收在名為《吉檀迦利》那本書裏的一系列的宗教詩要早得多。譯文不一定都是逐字逐句直譯的——有時有所節略，有時有所闡釋。

一

臣僕　我后，垂憐你的僕人吧！

王后　會議結束了，我的臣子們都散了。你為甚麼在這樣晚的時刻才來呢？

臣僕　當你處理完了別人的事，這就挨到我了。

我來要求的，就是留給你最後一個僕人做的事情。

王后　時候已經太晚了，你還能指望甚麼呢？

臣僕　委派我做你花園裏的園丁吧。

王后　這是甚麼傻勁兒呀？

臣僕　我決意放棄我的其他職務。

我把我的劍與矛委棄在塵土之中。不要派遣我去遙遠的宮廷；不要囑咐我從事新的征伐。但要委派我做你花園裏的園丁。

王后　那麼你的職責是甚麼呢？

臣僕　侍奉你悠閒的時日。

我要使你清晨散步的花徑永遠鮮妍，你的雙足，將步步受到甘心捨命的繁花禮讚相迎。

我要搖盪在七葉樹間盪鞦韆的你，傍晚的月亮將竭力透過樹葉來吻你的衣裙。

我要以香油添滿那燃點在你床頭的燈；我要以涼鞋、以番紅花漿所作的奇妙的圖案，裝飾你的足欖。

王后 你要求甚麼作你的酬報呢？

臣僕 容我握起你柔嫩如蓮花蓓蕾一般的纖手，把花環輕輕地套在你的腕上；容我以無憂樹花瓣的紅汁，染你的腳蹠，而且吻掉那偶或滯留在腳纘上的一星塵土。

王后 我賜你如願以償，我的僕人，你將作我花園裏的園丁。

二

「啊，詩人，黃昏漸近；你的頭髮在花白了。

「在你孤寂的冥想中，你可聽到來世的消息？」

「是黃昏了，」詩人説，「而我正在諦聽，也許村子裏有人呼喚，雖然天色已經晚了。

「我留神年輕而失散的心是否已經相聚，兩對渴慕的眼睛是否在祈求音樂來打破他們的沉默，替他們訴説衷情。

「如果我坐在人生的海岸上，竟冥想死亡與來世，那麼，有誰來編製他們的熱情的歌呢？

「早升的黃昏星消失了。

「火葬堆的火光在寂靜的河畔慢慢地熄滅了。

「在殘月的光華下，豺狼從荒屋的院子裏齊聲嗥叫。

「如果有甚麼流浪者，離家來到這兒，通宵無眠，低頭聽黑暗的喃喃自語；如果我關上大門，竟想擺脱塵世的羈絆，那麼，有誰來把人生的秘密悄悄地送進他的耳朵呢？

「我的頭髮在花白了，那是微不足道的小事。

「我永遠跟村子裏最年輕的人一樣年輕，跟最年邁的人一樣年邁。

「有的人微笑，甜蜜而且單純；有的人眼睛裏閃爍着狡黠的目光。
「有的人大白天日裏淚如泉湧；有的人黑夜裏掩泣垂淚。
「他們大家都需要我，我無暇思索來世。
「我跟每一個人是同年的，如果我的頭髮花白了，那又有甚麼關係呢？」

五

我心緒不寧。我渴望遙遠的事物。
我心不在焉，熱望着撫摸那昏暗的遠方的邊緣。
啊，偉大的遠方，啊，您那笛子的熱烈的呼喚呀！
我忘記了，我總是忘記了，我沒有飛翔的翅膀，我永遠束縛在這一個地方。
我焦灼，我失眠，我是一個異鄉的異客。
您吹送給我的氣息，悄聲微語着一個不可能實現的希望。
我的心領會您的言語，就像領會自己的言語一樣。

啊，我所求索的遠方，啊，您那笛子的熱烈的呼喚呀！

我忘記了，我總是忘記了，我不認識路，我沒有飛馬。

我心緒不寧，我是我自己心裏的一個流浪漢。

在慵倦的時刻，煙霧朦朧的陽光下，在天空的一片蔚藍裏，出現了你的何等浩瀚的幻影啊！

啊，遙遠的天涯海角，啊，您那笛子的熱烈的呼喚呀！

我忘記了，我總是忘記了，在我那獨自居住的房子裏，門戶處處是關着的啊！

七

啊，母親，年輕的王子要在我家門口經過——今天早晨我怎麼能幹我的活兒呢？

教給我怎樣編我的辮子；告訴我穿甚麼衣裳。

你為甚麼詫異地瞅着我呢，母親？

我明明知道，他不會抬頭看一眼我的窗子；我明白他在轉瞬之間就會走得看不見人影；只有逐漸消失的笛聲，會從遠方嗚嗚咽咽地傳到我的耳旁。

可是年輕的王子要在我家門口經過——我要在這一刻穿上我最好的衣裳。

啊，母親，年輕的王子的確在我家門口經過，早晨的太陽從他的馬車上閃射出光芒。

我從我臉上掠開面紗，我從我頸子上摘下紅寶石的項鏈，我把項鏈投在他經過的路徑上。

你為甚麼詫異地瞅着我呢，母親？

我明明知道，他並不撿起我的項鏈；我知道：項鏈輾碎在他的車輪下，只剩一塊紅斑留在塵土上，而我的禮物是甚麼，我把它送給甚麼人，卻誰也不知道。

可是年輕的王子的確在我家門口經過，我把我胸口的珠寶投到了他要經過的道路上。

九

當我在夜間獨自去赴幽會的時候，鳥也不唱了，風也不動了，房子默默地站在街道的兩旁。

一步響似一步的是我自己的腳鐲，它使我感覺害羞。

當我坐在露台上諦聽他的足音的時候，林間的葉子寂靜無聲，河裏的流水也凝然不動，正如那睡熟了的哨兵膝上的利劍。

狂野地跳動的是我自己的心——我不知道怎樣使它平靜。

當我的愛人來了，來坐在我的身旁，當我的身體顫抖，我的眼簾下垂的時候，夜黑起來了，風把燈吹滅了，而雲給繁星籠上了面紗。

閃爍發光的是我自己胸前的珠寶。我不知道怎樣把它遮掩。

二

你就這樣來吧；別把時間消磨在你的梳妝上了。

如果你的辮子鬆了，如果你的頭路分得不直，如果你胸衣上的緞帶沒有結好，你都不用介意。

你就這樣來吧；別把時間消磨在你的梳妝上了。

來吧，以輕捷的腳步越過草地而來吧。

如果你腳上的赭石因露水而脫色了，如果你腳上的鈴鐺圈兒鬆弛了，如果你項鏈上的珍珠脫落了，你都不用介意。

來吧，以輕捷的腳步越過草地而來吧。

你可看見雲霾遮蔽着天空？

成群的白鶴從遠處河岸向上飛衝，灌木叢生的荒原上奔騰着一陣陣方向不定的狂風。

焦急的牛群向村子裏的牛欄直奔。
你可看見雲靄遮蔽着天空？

你徒然點亮你梳妝的燈——燈在風中搖曳熄滅了。
誰能知道你的眼皮上沒有抹上燈煤呢？因為你的眼睛是比雨雲還要烏黑的啊！
你徒然點亮你梳妝的燈——燈熄滅了。

你就這樣來吧；別把時間消磨在你的梳妝上了。
如果花環沒有編好，誰在意呢；如果腕上的鏈子沒有接好，那就隨它去吧。
天空佈滿雲靄——時間已經不早了。
你就這樣來吧；別把時間消磨在你的梳妝上了。

二

如果你願意忙碌，願意盛滿你的水壺，來吧，到我的湖邊來吧。

湖水將依戀地環抱你的雙足，汩汩地訴說它的秘密。
欲來的雨的影子落在沙灘上；雲低壓在一系列蔚藍的樹木上，正如濃重的頭髮覆在你的眉毛上。
我十分熟悉你足音的律動，它動盪在我的心裏。
來吧，到我的湖邊來吧，如果你一定要盛滿你的水壺。

如果你願意偷懶閒坐，並且讓你的水壺在水上漂浮，來吧，到我的湖邊來吧。
草坡是翠綠的，野花是數不盡的。
你的思想將如鳥兒離巢，從你烏溜溜的眼睛裏往外飄浮。
而你的面紗將落到你的腳邊。
來吧，到我的湖邊來吧，如果你一定要閒坐。

如果你願意丟下你的遊戲，願意在水裏泅游，來吧，到我的湖邊來吧。
把你藍色的斗篷留在湖岸上吧，藍藍的湖水將掩蓋你和隱藏你。
波浪將踮起腳來吻你的頸子，在你的耳邊悄聲細語。

來吧，到我的湖邊來吧，如果你願意在水裏泅游。
如果你一定要瘋瘋癲癲，一定要縱身跳向死亡，來吧，到我的湖邊來吧。
湖水冰涼而深不可測。
湖水黑暗如無夢的睡眠。
在那湖水深處，晝夜不分，而歌聲就是沉默。
來吧，到我的湖邊來吧，如果你願意投水自盡。

一四

中午已逝，竹枝在風中蕭蕭搖曳，我在路旁躑躅，不知道為了甚麼。
俯伏的樹影伸出手臂，挽住匆忙的日光的雙足。
布穀[1]唱厭了牠們的歌曲。
我在路旁躑躅，不知道為了甚麼。

亭亭如蓋的樹，遮蔭着那水邊的茅屋。
有一個人在忙着她的工作，她的手鐲在角落裏發出音樂。
我兀立在那茅屋的門前，不知道為了甚麼。

曲折的小徑，通過好些芥菜田，好些芒果林。
它經過了村子裏的廟宇，碼頭邊的市集。
我停留在那茅屋的門前，不知道為了甚麼。

那是多年前微風和煦的三月天，那時候春的細語是慵倦的，芒果花正掉落在塵土上。
粼粼的水波激盪，水花舐吻着放在河埠踏級上的銅壺。
我想起了微風和煦的三月天，不知道為了甚麼。

夜影漸濃，牛羊也回到牠們的欄裏去了。
孤寂的草原上暮色蒼茫，村裏的人在河邊等着渡船。
我緩步回去，不知道為了甚麼。

一五

我飛跑如一頭麝香鹿：因為自己的香氣而發狂，飛跑在森林的陰影裏。
夜是五月中旬的夜，風是南來的風。
我迷失了我的路，我徬徨歧途，我求索我得不到的，我得到了我不求索的。

我自己的慾望的形象，從我的心裏走出來，手舞足蹈。
閃爍的幻象倏忽地飛翔。
我要把它牢牢抓住，它躲開了我，它把我引入了歧途。
我求索我得不到的，我得到了我不求索的。

一六

兩手相挽，凝眸相視：這樣開始了我們的心的紀錄。
這是三月的月明之夜；空氣裏是指甲花的甜香；我的橫笛遺忘在大地上，而你的花環也沒有編成。

你我之間的這種愛情，單純如歌曲。

你的番紅花色的面紗，使我醉眼陶然。

你為我編的素馨花冠，像讚美似的使我心迷神馳。

這是一種欲予故奪、欲露故藏的遊戲；一些微笑，一些微微的羞怯，還有一些甜蜜的無用的掙扎。

你我之間的這種愛情，單純如歌曲。

沒有超越現實的神秘；沒有對不可能的事物的強求；沒有藏在魅力背後的陰影；也沒有在黑暗深處的摸索。

你我之間的這種愛情，單純如歌曲。

我們並不背離一切言語而走入永遠緘默的歧途；我們並不向空虛伸手要求超乎希望的事物。

我們所給予的和我們所得到的，都已經足夠。
我們不曾過度地從歡樂中壓榨出痛苦的醇酒。
你我之間的這種愛情，單純如歌曲。

一七

黃鳥在她們的樹上歌唱，使我的心歡騰雀躍。
我們倆同住在一個村子裏，那就是我們的一樁歡喜。
她寵愛的一對羊羔，來到我們花園裏樹蔭下吃草。
如果羊羔闖進了我們的大麥田，我就雙手把羊羔抱起。
我們村子的名字叫卡旃那，大家管我們的河流叫安旃那。
我的名字全村都知道，她的名字叫蘭旃娜。

我們之間只隔着一塊田地。
在我們的小樹林裏作窠的蜜蜂，到她們的小樹林裏採蜜。

從她們的河埠上扔下去的花朵，浮到我們洗澡的溪流裏。
一籃籃乾燥的紅花，從她們的田野裏來到我們的市集上。
我們村子的名字叫卡旃那，大家管我們的河流叫安旃那。
我的名字全村都知道，她的名字叫蘭旃娜。

曲曲折折通到她家門口的小巷，春天裏充滿了芒果花的芳香。
她們的亞麻子成熟得可以收割的時候，大麻在我們的田裏開花。
在她們的茅屋上微笑的繁星，送給我們同樣熒熒發亮的眼光。
漲滿了她們的池塘的春雨，也使我們的迦曇波[2]樹林歡欣。
我們村子的名字叫卡旃那，大家管我們的河流叫安旃那。
我的名字全村都知道，她的名字叫蘭旃娜。

一九

滿滿的水壺靠着臀部，你在河濱小徑上走過。

你為甚麼迅速地轉過臉來，透過飄揚的面紗偷偷地睃我呢？

你從黑暗中投到我身上的、明亮的眼光，像一絲微風，送一陣戰慄透過粼粼的水波，又吹向朦朧的岸邊。

你投到我身上的眼光，像黃昏時分的飛鳥，匆忙地穿越沒有燈火的房間，從一個開着的窗子進去，從另一個開着的窗子出來，便消失在黑夜裏了。

你隱藏如群山後面的一顆星星，而我是大路上的一個過客。

可是，滿滿的水壺靠着臀部，你在河濱小徑上走過的時候，你為甚麼要駐足片刻，透過面紗瞅我的臉呢？

二

當天色方曙的時候，這個徬徨的年輕人，為甚麼他偏要來到我的門口呢？

我每次走出走進都從他身邊經過，而他的臉又吸住了我的眼睛。

我不知道我應該跟他説話還是保持沉默。為甚麼他偏要來到我的門口呢？

七月裏多雲的夜是黝黑的；秋季裏的天空是藍得柔和的；南風駘蕩的春日是心神不定的。

每次他都用新鮮的調子編製了他的歌曲。

我擱下我的工作，而我的眼睛矇矇朧朧。為甚麼他偏要來到我的門口呢？

二三

當她快步從我身邊經過的時候，她的衣裙的邊緣觸及了我。

從一顆心的未知的島上，吹來了一絲突如其來的、溫暖的、春天的氣息。

衣裙的飄忽的接觸，輕拂即逝，彷彿那撕掉的花瓣飄颺在微風裏。

這飄忽的接觸落在我的心上，彷彿就是她肉體的嘆息和心靈的低訴。

二六

「我收受你自願的手所給予的。我別無他求。」

「是的，是的，謙和的求乞者，我懂得你，你要求的是人家所有的一切。」

「如果有一朵飄零的落花給我，我就戴在我的心上。」

「但如果花上有刺呢？」

「我就忍受。」

「是的，是的，謙和的求乞者，我懂得你，你要求的是人家所有的一切。」

「如果你抬起愛戀的眼睛瞧我的臉，哪怕只是一次，也會使我終身甜蜜，死後猶甜。」

「但如果只是殘酷的眼色呢？」

「我就留着它刺透我的心。」

「是的，是的，謙和的求乞者，我懂得你，你要求的是人家所有的一切。」

二七

「相信愛情，即使它給你帶來悲哀也要相信愛情。別深鎖緊閉你的心。」

「啊，不，我的朋友，你的話是玄妙的，我不能夠了解它們的意義。」

「心就是為了交給別人的，伴隨着一滴眼淚和一支歌曲，我的愛人。」

「啊，不，我的朋友，你的話是玄妙的，我不能夠了解它們的意義。」

「快樂像露水一樣脆弱，大笑之際就消失無遺。但悲哀是堅強而持久的。讓悲哀的愛情在你的眼睛裏醒來。」

「啊，不，我的朋友，你的話是玄妙的，我不能夠了解它們的意義。」

「蓮花在太陽的眼光下開放，因而失掉了它所有的一切。於是它就不會在永遠的冬日之霧裏始終含苞待放。」

「啊，不，我的朋友，你的話是玄妙的，我不能夠了解它們的意義。」

二八

你詢問的眼睛是悲傷的。你的眼睛要探索我心裏的意思，正如月亮要探測大海的深淺。

我已經把我的生活自始至終暴露在你的眼前，毫無隱藏，也毫無保留。這就是你為甚麼不了解我的緣故。

如果它只是一塊寶石，我就能把它打成碎片，串成項鏈，戴在你的頸子上。

如果它只是一朵花，圓圓的，玲瓏而又芳香，我就能把它從花莖上摘下來，綴在你的頭髮上。

然而它是一顆心啊，我的親愛的。哪兒是它的邊哪兒是它的底呢？

你不知道這王國的疆界，而你仍然是這王國的王后。

如果它只是片刻的歡樂，它就會在悠然的一笑中綻成花朵，而你就能在剎那間看到它領會它。

如果它只是一種痛苦，它就會溶化成晶瑩的淚珠，不用說一句話就反映出最隱秘的秘密。

然而它是愛情啊，我的親愛的。
它的歡樂和痛苦是無限的，而無窮的是它的貧乏和富足。
它像你的生命一樣的貼近你，然而你永遠不能完全了解它啊。

三〇

你是在我的夢之天空裏飄浮着的晚霞。
我永遠用愛的渴望來描繪和塑造你的形象。
我無窮的夢裏的居民啊，你是我的親親，我的親親！
我的夕陽之歌的採集人啊，你的雙足因我心頭慾望的霞光而嫣紅。
你的嘴唇因我痛苦的酒味而甜苦。
我孤寂的夢的居民啊，你是我的親親，我的親親！
出沒在我凝眸睇視裏的人兒啊，我已經用我熱情的陰影，染黑了你的眼睛。

我的愛人啊，我已經用我音樂的網，逮住了你，裹住了你。
我不朽的夢裏的居民啊，你是我的親親，我的親親。

三一

我的心是曠野的鳥，已經在你的眼睛裏找到了天空。
你的眼睛是早晨的搖籃，你的眼睛是繁星的王國。
我的歌曲，消失在你眼睛的深處。
就讓我翱翔在那一片天空裏，翱翔在那一片孤寂無垠的空間裏。
就讓我排開它那朵朵的雲彩，在它的陽光裏展翅飛翔。

三二

告訴我，這一切可是真的，我的愛人，這可是真的？
當我的眼睛閃射出電光，你胸中的烏雲就報之以風暴？

我的嘴唇，真的像那第一次意識到的愛情在蓓蕾方綻時一樣的甜蜜？
那逝去的五月的記憶，竟還縈繞在我的手足之間？
我的雙腳接觸大地時，大地竟為之震動，像豎琴一樣響起了音樂？
那麼，黑夜看見了我便眼睛裏掉下露水，晨曦擁抱了我的身體便歡欣喜悅，可又是真的嗎？
可是真的，可是真的，你的愛情竟歷盡千年萬代、走遍天涯海角、不辭跋涉地找尋我嗎？
而當你終於找到了我的時候，你那年深月久的熱情，真的也就在我的溫柔的言語、眼睛、嘴唇和飄垂的頭髮裏，找到了圓滿的安寧嗎？
那麼，「無限」的神秘就寫在我渺小的額角上，可又是真的嗎？
告訴我，我的愛人，這一切可是真的？

三五

生怕我不費功夫就懂得你：你就故意逗弄我。

你用笑聲的閃光使我的眼睛迷眩，從而掩飾你的眼淚。
我知道，我知道你的巧計，
你從來不說你心裏要說的話。

生怕我不珍愛你：你就千方百計地躲避我。
生怕我把你與眾人混淆不清，你就站在一邊。
我知道，我知道你的巧計，
你從來不走你心裏要走的路。

你的要求超過了別人的，那就是你為甚麼緘默的緣故。
你用玩笑的漫不經心的神情迴避了我的禮物。
我知道，我知道你的巧計，
你從來不接受你心裏要接受的東西。

三七

「美人，把你的鮮花環掛在我的頸子上，好嗎？」

可是你必須知道，我已經編的那一個花環，是為了許多人編的，為那些只在剎那間見到的人，住在沒有勘探過的地方的人，生活在詩人的詩歌裏的人。

要求我的心酬答你的心，是已經太晚了。

有過一個時候，我的生命像蓓蕾，一切芳香都貯藏在核心裏。

現在可已經散之四方了。

誰知道那個能夠把它重新收集和封藏起來的魔法呢？

我的心不是我自己的、僅僅獻給一個人的心，我的心是獻給許多人的。

三八

我的愛人，從前你的詩人的心靈裏，有一首偉大的史詩在航行。

咳，我一個不留神，它就觸着了你叮噹的腳鐲，落了個悲哀的結局。

它碎成零落殘破的歌，凌亂地散落在你的腳下。

我所載運的一切古代戰爭的故事，被嘩笑的波浪搖撼震盪，浸透了淚水，沉沒了。

你一定得賠償我這個損失，我的愛人。

如果我對死後名垂不朽的期望是破滅了，你就使我在活着的時候不朽吧。

那麼，我就決不惋惜我的損失，我就決不責備你。

三九

我整個兒早晨要想編一個花環，可是花朵膩滑難綴，紛紛掉落了。

你坐在那兒，你窺探的眼睛偷偷瞟着我。

問問這雙暗暗策劃着惡作劇的眼睛吧，這究竟是誰的過失？

我要想唱一個歌，可是唱不成。

一個隱約的微笑悸動在你的嘴唇上；你向它追問我失敗的原因吧。

讓你微笑的嘴唇對天起誓：我的歌聲是怎樣的消失在沉默裏，正如醉醺醺的蜜蜂消失在蓮花裏。

是黃昏了，是花朵合上花瓣的時候了。

允許我坐在你的身邊，囑咐我的嘴唇做那在靜默中在朦朧的星光裏所能做的事吧。

四〇

當我來告別的時候，一絲懷疑的微笑掠過你的眼睛。

我來告別的次數太多了，所以你認為我不久就會回來的哩。

跟你說老實話吧，我自己心裏也有同樣的懷疑。

因為春日去而復來，圓月別後重訪，而年復一年，繁花重發，嫣紅枝頭；我的辭行呢，彷彿也只是為了重新來到你的身邊。

暫時保留着這幻想吧，不要粗率地把它匆匆送走。

當我説我要永遠離開你了，你就把它當做真話，讓淚水的霧暫時加深你黑色的眼眶吧。

你再盡情地嬌笑吧，當我重來的時候。

四四

長老，饒恕這一對罪人吧。今天春風在狂野地疾捲奔騰，捲走了塵土，捲走了枯葉；於是你的教訓也隨着塵土和枯葉而消失了。

長老，不要説人生是空虛的。

因為我們已經一度與死亡互不相犯，我們倆僅僅在這幾個芬芳的時辰裏就得到了永生。

哪怕開來了國王的軍隊，猛烈地攻擊我們，我們也要悲哀地搖搖頭，説：「兄弟們，你們在打攪我們了。如果你們一定要玩這喧鬧的遊戲，到別處去動你們的干戈吧。因為我們只是在稍縱即逝的片刻裏得到了永生。」

如果友好的人們圍攏來了，我們也要謙和地向他們鞠躬，說：「這放浪形骸的好運對於我們是件窘迫的事。我們所居住的無窮的天空裏，缺少轉身的餘地。因為春天裏繁花成群地開放，蜜蜂忙碌的翅膀彼此衝撞。我們的小小的天堂，只住着我們這兩個不朽的人的地方，是狹窄得太可笑了啊。」

四九

我握住她的手，把她緊抱在我的懷裏。

我想以她的美麗充實我的懷抱，以接吻劫掠她的甜笑，以我的眼睛暢飲她的黑黝黝的眼色。

啊，可是，它在哪兒呢？誰能強取天空的蔚藍呢？

我竭力要把捉住美；美躲開了我，只留下肉體在我的手裏。

我回來了，挫敗了也疲倦了。

肉體怎麼能接觸那只有精神可以接觸的花朵呢？

五七

宇宙啊，我採擷你的花朵。
我把花緊抱在心頭，而花的刺卻刺痛了我。
當白晝消逝、天色暗下來的時候，我發覺花已經萎謝了，但痛苦依然存在。
宇宙啊，更多的花朵將帶着芳香和妍麗來到你的身邊。
但我的採集花朵的時機是過去了；沒有玫瑰，只有滯留的痛苦伴我度過長夜。

五九

女人啊，你不僅是上帝的傑作，而且也是男人的傑作；這些人永遠在從他們心裏把美麗賦予你。

詩人們在以金色的幻想的線為你織網；畫家們在給你的形體以永久常新的不朽。
大海獻出珍珠，礦山獻出金子，夏天的花園獻出花朵，來裝飾你、遮掩你，使你更加珍貴。
男子心裏的慾望，把它的光輝灑遍了你的青春。
你一半是女人一半是夢。

六一

安靜吧，我的心，讓這分別的時刻成為甜蜜的。
讓它不成為死而成為圓滿。
讓愛情融成回憶而痛苦化成歌曲。
讓沖天的翱翔終之以歸巢斂翅。
讓你的手的最後的接觸，溫柔如夜間的花朵。
美麗的終局啊，站住一忽兒，在緘默中說出你最後的話吧。
我向你鞠躬，而且舉起我的燈給你照亮道路。

六三

旅人，你一定要走嗎？
夜是靜謐的，黑暗昏睡在樹林上。
露台上燈火輝煌，繁花朵朵鮮麗，年輕的眼睛也還是清醒的。
是你離別的時候到了嗎？
旅人，你一定要走嗎？

我們不曾以懇求的手臂束縛你的雙足。
你的門是開着的。你的馬上了鞍子站在門口。
如果我們曾設法擋住你的去路，那也不過是用我們的歌曲罷了。
如果我們曾設法阻攔你，那也不過是用我們的眼睛罷了。
旅人，要留住你我們是無能為力的。我們只有眼淚。
是甚麼不滅的火在你眼睛裏灼灼發亮？
是甚麼不安的狂熱在你的血液裏奔騰？

黑暗中有甚麼呼喚在催促你？

你在天空的繁星間看到了甚麼可怕的魔法，黑夜乃帶着封緘的密訊，進入了你沉默而古怪的心？

疲倦的心啊，如果你不愛歡樂的聚會，如果你一定要安靜，我們就滅掉我們的燈，也不再彈奏我們的豎琴。

我們就靜靜地坐在黑暗中的葉聲蕭蕭裏，而疲倦的月亮就會把蒼白的光華灑在你的窗子上。

旅人啊，是甚麼不眠的精靈從子夜的心裏觸動了你呢？

六四

我在大路的灼熱的塵土上消磨我的白晝。

現在，在黃昏的涼意裏，我敲旅店的門。旅店荒涼頹敗了。

一棵猙獰的阿剎思樹，在牆垣的裂縫裏伸展着飢餓的抓緊不放的樹根。

曾經有過這樣的日子：那時候徒步的旅行者，到這兒來洗他們疲倦的腳。他們在初升的月亮朦朧的光輝裏，在院子裏鋪開了席子，坐下來談遠方異域。他們在早晨神清氣爽地醒來：鳥雀使他們愉快，友好的繁花在路旁向他們點頭。但當我來到這兒的時候，沒有點亮的燈在等我。好幾盞被遺忘了的黃昏的燈，留下了黑色的煙煤；而煙煤像盲人的眼睛，從牆上瞪目凝視。

螢火蟲在乾涸的池邊叢莽裏飛翔，竹枝把陰影投擲在長滿青草的小徑上。我是在我的白晝的盡頭的、根本沒有主人的來客。漫漫長夜在我的前面，而我是疲倦了。

六六

一個流浪的瘋子在尋找點金石，他沾滿塵土的頭髮蓬亂蠟黃，身體消瘦得成了影子。他的嘴唇緊閉，像他的緊閉的心扉；而他的燃燒着的眼睛，好像找尋着伴侶的螢火蟲。

無垠的大海在他面前咆哮。

滔滔的波浪不絕地談到蘊藏的寶庫，嘲笑那不知其意義的人們的愚昧。

也許他現在是一點希望也沒有了，然而他不肯罷休，因為這種探索已經成為他的生命，——

正如海洋為了那不可企及的，永遠向天空舉起它的胳膊——

正如星星周而復始的運行，然而始終追求着永遠不能達到的目標——

頭髮蓬亂蠟黃的瘋子竟這樣的依舊徘徊在孤寂的海灘上找尋點金石。

有一天，一個鄉下孩子跑過來問道，「告訴我，你是在哪兒找到那繫在你腰間的金鏈子的？」

瘋子大吃一驚——過去一度是鐵的鏈子現在確實是金的了；這不是夢，然而他不知道鏈子在甚麼時候起的變化。

他狂亂地打他的額角——哪兒，啊，他在哪兒不知其然而然地獲得了成功？

已經成為一種習慣了，撿起石子，碰一碰鏈子，然後又把石子擲掉，也不看看是否已經發生變化；瘋子就是這樣的找到了而又失掉了點金石。

太陽正低低地向西方沉落，天空是金色的。

瘋子走上回頭路，重新去找尋失掉了的寶貝，筋疲力盡，彎腰曲背，心灰意懶，像一棵連根拔起的樹木。

六八

沒有一個人長生不老，也沒有一件東西永久長存。兄弟，記住這一點而歡欣鼓舞吧。

我們的一生不是一個古老的負擔，我們的道路不是一條漫長的旅程。

一個獨特的詩人不必唱一個古老的歌。

花褪色了凋零了；戴花的人卻不必永遠為它悲傷。

兄弟，記住這一點而歡欣鼓舞吧。

為了編織完美的音樂，必定要有完全的休止。
為了沉溺在金色的陰影裏，人生向夕陽沉落。
必定要把愛情從嬉戲中喚回來，讓它飲煩惱的酒，把它帶到眼淚的天堂。
兄弟，記住這一點而歡欣鼓舞吧。

我們趕緊採集繁花，否則繁花要被路過的風蹂躪了。
攫取那遲一步就會消失的吻，使我們的血行迅速，眼睛明亮。
我們的生活是熱烈的，我們的慾望是強烈的，因為時間在敲着別離的喪鐘。
兄弟，記住這一點而歡欣鼓舞吧。

我們來不及把一件東西抓住，擠碎，而又棄之於塵土。
一個個的時辰，把自己的夢藏在裙子裏，迅速地消逝了。
我們的一生是短促的；一生只給我們幾天戀愛的日子。
如果生命是為了艱辛勞役的話，那就無窮地長了。
兄弟，記住這一點而歡欣鼓舞吧。

我們覺得美是甜蜜的，因為她同我們的生命依循着同樣飛速的調子一起舞蹈。
我們覺得知識是寶貴的，因為我們永遠來不及使知識臻於完善。
一切都是在永恆的天堂裏做成和完成的。
然而，大地的幻想之花，是由死亡來長保永新的。
兄弟，記住這一點而歡欣鼓舞吧。

七二

我連日辛苦，造了一個廟宇。這廟沒有門沒有窗，牆是用巨石密密地砌成的。
我忘卻其他一切，我躲避整個世界，我在狂喜的沉思裏凝視我安置在祭壇上的偶像。
廟裏面永遠是黑夜，又被香油的燈所照明。
供香的不斷的煙，裊裊繚繞在我的心頭。
不睡不眠，我用混亂紛雜的線條，在牆上刻畫出荒誕不經的畫像——插翅的馬，人面的花，四肢像蛇的女人。

哪兒也沒有通路可以傳進來鳥的啁啾，葉子的蕭蕭，忙忙碌碌的村莊的喧嘩。

唯一的在這黑暗的廟裏回響的聲音，就是我念咒語的聲音。

我的心靈變得敏銳而寧靜，像猛烈的火焰；我的感覺昏迷在狂喜之中。

直到雷殛廟宇、我痛徹心肺為止，我不知道時間是怎樣過去的。

燈看上去蒼白而含羞；牆上的雕刻像是用鏈子縛住的夢，在亮光中無謂地瞪着眼睛，彷彿很想掩藏自己似的。

我瞧瞧祭台上的偶像。我看見偶像微笑，由於上帝生動的觸摸而生氣勃勃了。

我所囚禁起來的黑夜已經展翅飛去，消失無遺了。

七三

無限的財富不是你的，我的堅忍的憂鬱的大地母親啊。

你辛勤勞動，使你的兒女可以餬口，然而食物是稀少的。

你作為禮物送給我們的喜悅，永遠是殘缺的。
你為你兒女所作的玩具，是脆弱易碎的。
你不能滿足我們所有的飢渴的希望，難道我就因此而拋棄你嗎？
你那蒙上痛苦的陰影的微笑，對於我的眼睛是甜蜜的。
你那無有窮盡的愛，對於我的心是寶貴的。
你曾經在你的胸膛上以生命而不是以不朽哺育我們，這就是為甚麼你的眼睛永遠是驚醒的緣故。
多少年來你以色彩和歌曲工作着，然而你的天堂並沒有造成，只造成了傷心的、使人想起天堂的東西。
在你所創造的美麗的東西上面，籠罩着淚水的霧。
我要以我的歌注入你緘默的心，以我的愛注入你的愛。
我要以勞動來敬奉你。
我看到了你溫柔的臉，我熱愛你哀傷的塵土，大地母親啊。

七四

在世界的聽眾會堂裏，樸素的草葉，跟陽光和子夜的星辰同席共談。

我的歌，就是這樣的跟雲和森林的音樂一同在世界的心裏分佔着席位。

樸素莊嚴的是太陽愉快的金色，是沉思的月亮柔美的光輝；可是你，有錢的人啊，你的財富卻與這種樸素莊嚴無關。

擁抱一切的天空的祝福，是並不落在財富上的。

而當死亡出現的時候，財富就褪色，枯萎，化為塵土了。

八〇

美麗的女人啊，你能以你眼睛的一個流盼，掠盡詩人豎琴上彈奏的歌曲的全部財富！

然而你對詩人的歌頌卻充耳不聞，因此我就來歌頌你。

你能使世界上最驕傲的人拜倒在你的腳下。

然而你選以崇拜的，卻是你所愛的無名的人，因此我就崇拜你。
你那完美的手臂的觸摸愛撫，將使帝王的尊榮增加光輝。
然而你卻用以掃除塵土，清潔你樸實無華的家，因此我就滿心敬愛你。

八二

今夜，我和我的新娘要玩死亡的遊戲。
夜是黑的，天空裏的雲是變幻莫測的，而海上的波濤正在怒吼。
我和我的新娘，離開了入夢的床，打開大門，走出門來。
我們坐在鞦韆上，暴風從後面給我們一陣狂野的推動。
我的新娘又喜又懼地跳起身來，戰戰兢兢，緊緊偎依在我的胸口。
我溫柔地侍奉了她好久。
我給她做了個繁花綴成的床，我關上門，不讓粗暴的光芒照射她的眼睛。
我輕輕吻她的嘴唇，柔聲在她耳邊低語，直至她在慵倦中半陷入昏迷。
她迷失在朦朧的甜情蜜意的無窮迷霧裏。

她不回答我手的愛撫，而我的歌也喚不醒她。
今夜曠野風暴的呼喚，傳到了我們的耳邊。
我的新娘戰慄，站起身來，她抓住了我的手跑出去。
她的頭髮在風中飛舞，她的面紗飄揚，她的花環在她胸口颯颯作響。
死亡的推動——把她推進了生的境界。
我和我的新娘，我們臉對着臉、心對着心。

八三

她住在玉米田邊的山麓，在那化作嘩笑的小溪、流過古樹的莊嚴陰影的泉邊。婦人們到那兒去盛滿她們的水壺，旅人們常坐在那兒休息談天。她每天伴隨着溪聲潺潺，工作和做夢。

一天黃昏，陌生人從白雪深處的山峰上下來；陌生人的頭髮糾結如困倦的蛇。我們詫異地問：「你是誰？」他不回答，卻坐在潺潺不息的溪畔，默默地凝望她所住的茅屋。我們的心在恐懼中發抖，我們回家時天已經黑了。

第二天，婦人們到雪松旁的泉水邊取水，她們發現她的茅屋門戶洞開，然而她的聲音是沒有了，她微笑的臉又在哪兒呢？空空的水壺倒在地板上，她的油燈已經在角落裏燃盡了。沒有人知道她在天亮以前跑到哪兒去了——而陌生人已經走了。

在五月這一個月裏，太陽強烈起來了，雪溶解了，而我們坐在泉水邊哭泣。我們心裏詫異：「她所去的地方可有泉水，她能在這些炎熱口渴的日子裏盛滿她的水壺嗎？」我們互相驚異地詢問：「在我們所居住的這些山嶺外面，可有陸地嗎？」

是夏夜；微風從南方吹來；我坐在她的寂無人影的房間裏，燈擺在那兒，依舊沒有點上。突然，山嶺在我眼前消失了，彷彿是拉開的幕。「啊，原來是她來了。你好嗎，我的孩子？你幸福嗎？可是，在這露天之下，你能在何處藏身呢？咳，可惜我們的泉水不在這兒，不能解你的渴。」

「這兒是同樣的天空，」她說，「只是沒有山嶺的屏障罷了——擴大成為河的就是那同一條溪水，展開成為平原的就是那同一個大地。」「這兒一切俱全，」我嘆息道，「只是我們可不在這兒啊。」她悲哀地微笑，說道，「你們在我的心裏。」我醒來，聽到了夜間溪聲潺潺，雪松蕭蕭。

八五

一百年後讀着我的詩篇的讀者啊，你是誰呢？

我不能從這春天的富麗裏送你一朵花，我不能從那邊的雲彩裏送你一縷金霞。

打開你的門眺望吧。

從你那繁花盛開的花園裏，收集百年前消逝的花朵的芬芳馥郁的記憶吧。

在你心頭的歡樂裏，願你能感覺到某一個春天早晨歌唱過的、那生氣勃勃的歡樂，越過一百年傳來它愉快的歌聲。

註釋：

[1] 布穀：原名為 koel，一種印度的布穀鳥。

[2] 迦曇波：茜草屬植物，開大黃色花，作桔香。

遊思集

I

一

永恆的遊思遐想，你玄妙地遄飛疾捲，在你無形的激盪下，四周靜止的空間湧起了光芒的渦捲着的泡沫。

情人越過無邊無際的寂寞向你呼喚，難道你的心竟聽而不聞？

你糾結的髮辮散成風暴般的混亂，而火珠彷彿從斷裂的項鏈上掉落下來，沿着你的道路亂滾，難道唯一的理由就是你那痛苦的、迫不及待的匆忙嗎？

你飛速的步子，掃開了一切廢物，吻得這個世界的塵土甜甜蜜蜜的；環繞你舞蹈着的手足的風暴，把神聖的死亡的陣雨，灑落在生命上，使生命鮮妍地成長。

如果你在突如其來的疲倦之中暫停片刻，這世界就會隆隆地滾成一堆，形成一種障礙，阻撓自己的進展，甚至最小的一粒塵土，也會挾着不堪承受的壓力，洞穿無垠的天空。

光明的腳鐲繞着你不可見的雙足搖動，它們的韻律活躍了我的思想。
它們回響在我的心的搏動裏，而我的血液裏也湧起了泰古海洋的頌歌。
我聽見雷鳴般的洪水，把我的生命從這個世界翻騰到那個世界，從這個形體翻騰成那個形體，把我的存在分散地撒在無窮的禮物的浪花裏，撒在哀愁裏和歌曲裏。
風急浪高，這一葉小舟隨之起舞，我的心啊，它就像你的願望一樣。
把積存的東西留在岸上，揚帆越過這深不可測的黑暗，航向光明吧。

三

暮色漸濃，我問她，「我來到了甚麼陌生的地方？」
她只是垂下眼簾；她走開的時候，清水在她那水壺的頸子裏汩汩地響。
樹木朦朧地低垂在河岸上，田野看來彷彿已經屬於往昔。
流水默默無聲，竹林黑蒼蒼的，一動也不動，小巷裏傳來手鐲輕叩水壺的叮噹聲。

別再划了，把小舟繫在這棵樹上吧——因為我喜歡這田野的景色。

黃昏星落到寺院圓頂背後去了，大理石台階的蒼白色，影影綽綽地出沒在黑水裏。

遲遲未歸的旅人在嘆息；因為隱蔽的窗子裏射出的燈光，被路邊交織的喬木和灌木切成碎片，撒到黑暗中去了。依舊有手鐲輕叩水壺的叮噹聲，落葉遍地的小巷裏，踏步歸去的窸窣聲。

夜深沉，宮殿的塔樓朦朧顯形，彷彿幽靈似的，而城市疲倦地呻吟。

別再划了，把小船繫在樹上吧。

讓我在這陌生的地方尋求休息吧，這地方朦朧地躺在繁星之下，黑暗因手鐲輕叩水壺的叮噹聲而戰慄激動。

九

如果在迦梨陀娑是國王的詩人的時代，而我正住在鄔闍衍那[1]皇城的話，我就會認識個馬爾瓦姑娘，我的思想裏會充滿了她那音樂般的芳名。而她也會透過她眼簾的斜影向我睇視，聽任素馨花絆住她的面紗，以便有個借口逗留在我的身邊。

這件事發生在往昔，而這往昔的蹤跡，已經在時間的枯葉下泯滅無遺了。

學者們今天為那日期，那捉迷藏般的日期，考證、爭論不休。

我不夢想那風流雲散的年代而為之心碎，但我為那些隨歲月逝去的馬爾瓦姑娘們再三哀嘆！

我不知道，那些隨着國王的詩人的抒情詩篇一起激盪的日子，被姑娘們盛在花籃裏，帶到哪一重天去了？

我生得晚，無緣遇見這些姑娘。今天早晨，這種隔絕沉重地壓在我的心頭，使我心中悲傷。

然而，四月帶來的，就是她們用以裝飾頭髮的鮮花，而在今天的玫瑰花上低語的，也就是當年吹拂她們的面紗的南風。

而且，說句老實話，今年春天倒也並不缺少歡樂，儘管迦梨陀娑不再吟詠詩歌了；我知道，如果他能從詩人的天堂裏望見我，他妒忌我也不無道理。

一〇

我的心啊，別管她的心，讓它秘而不宣吧。

如果美麗的只是她的風姿，微笑的只是她的臉，那又怎麼樣呢？讓我毫無疑竇地接受她的眉目傳情而感到幸福吧。

她兩臂環抱着我，我不管這是不是虛情假意的羅網，因為羅網本身是華麗珍貴的，而欺騙也可以一笑置之，淡然忘卻。

我的心啊，別管她的心：如果音樂純正美妙，即使歌詞花言巧語不足為信，也該滿意了；且欣賞舞蹈的優美，優美如百合花漂浮在漾着漣漪的、誘人的水面上，不管水底下隱藏着甚麼。

一一

烏爾瓦希[2]，你不是母親，不是女兒，也不是新娘。你是蠱惑天國神靈的婦人。

當步履困乏的黃昏降臨牛欄，牛群也都已回到欄裏的時候，你絕不剪燈芯剔亮屋裏的燈火，你走向新嫁娘的床，心裏不慌不亂，脣邊也沒有一絲躊躇的微笑。黑暗的時刻是如此神秘，你為之欣喜。

你像黎明一樣，不戴面紗，烏爾瓦希，你也毫不害羞。

誰能想像得出那創造你的、疼痛地氾濫着的光華！

在第一個春天的第一天，你右手執着生命之杯，左手執着鴆酒，從翻騰的大海上升騰而起。大海這個怪物，像一條着了魔的巨蛇，沉沉入睡了，把牠的上千條頭巾放在你的腳邊。

你那纖塵不染的光芒從海沫上冉冉升起。白白的，赤裸裸的，猶如素馨花。

啊，烏爾瓦希，你這永恆的青春，難道你永遠小巧、膽怯、含苞欲放？

你以深藍色的夜作為搖籃，在那有寶石的奇光異彩照耀在珊瑚上、貝殼上和形態如夢的動物上的地方，沉沉入睡，難道你一直睡到白晝顯示出你風華正茂的體態？

啊，烏爾瓦希，你這魅力無窮的尤物，世世代代的一切男人全都崇拜你！

在你的眸子的顧盼下，世界因青春煥發的痛苦而心悸，苦行僧把他酸澀的果實放在你的腳邊，詩人的歌吟詠着圍繞在你香氣襲人的身邊。你的雙足，在無憂無慮的歡樂中輕快地一路走去，腳踝上的金鈴叮噹，甚至會傷了空虛的風的心。

烏爾瓦希，當你在眾神面前跳舞，把新奇韻律的軌道投入空間，大地為之顫抖，綠葉、青草和秋天的原野起伏搖晃；大海湧起了韻律如瘋如狂的波濤；繁星落到了天空裏——那是從你胸前跳動着的項鏈上迸落下來的珍珠；男人們的心裏突然襲來騷亂，血液也隨之翩翩起舞了。

烏爾瓦希，你是天國沉睡峰巔上第一個打破睡眠的人，你使天空紛亂不寧。世界用她的眼淚沐浴你的四肢；用她的心的鮮血的顏色染紅你的兩腳；烏爾瓦希，你輕盈地站在被水波搖晃的、慾望的蓮花之上，你永遠在那茫茫無邊的心靈裏遊戲，儘管那兒痛苦地分娩着上帝的心慌意亂的夢。

一六

因為我暫時忘記了我自己，我來了。

可是，抬起你的眼睛吧，讓我看看眼睛裏是否滯留着往日的影子，像天邊上那一片已被奪去雨水的白雲。

如果我忘記了我自己，請暫時容忍我吧。

玫瑰依舊含苞未放；它們還不知道，今年夏天我們怎麼忘了採集鮮花。晨星同樣惴惴不安、沉默無言；遮掩你的窗戶的樹枝，把曙光網住了，就像往日一樣。

因為我暫時忘記了流光的變化，我來了。

我忘記了我向你袒露我的心時，你是否轉過頭去，使我羞慚。

我只記得擱淺在你顫抖的唇邊的低語；我只記得在你烏黑的眼睛裏掠過的熱情的影子，彷彿暮色裏尋找家室的鳥兒的翅膀。

因為我忘記了你已經記不得這些了，我來了。

II

七

我的詩歌像蜜蜂，牠們在空中追躡你香氣襲人的蹤跡，追蹤關於你的記憶，從而圍繞着你的嬌羞淺唱低吟，一心渴求那隱秘的寶藏。

黎明的清新在陽光裏委頓下去了，中午的空氣沉重低垂，森林寂靜無聲，這時候，我的詩歌回到家裏來了，慵倦的翅膀上沾滿了金粉。

九

來生在另一個遙遠世界的亮光裏散步，如果我們相逢的話，我想我會驚訝地停下步來的。

那時我會把這雙烏黑的眼睛看作是晨星，心裏又感到它們是屬於前生某一個已經記不得的夜空的。

我會看得出你面容上的魅力並非全然是它自己所固有的，倒是偷取了一次已經記不得的會見中我眼睛裏的熱情的光芒，而且還從我的愛情裏採集了一種神秘之情，儘管現在已經把它的根源忘個乾淨。

二二

像煩躁的孩子推開玩具，今天我的心對我提出來的每一個詞句都搖搖頭說：「不，不是這個。」

然而千言萬語，處於模糊朦朧的痛苦境地，影影綽綽地出沒在我的心靈裏，像流雲飄浮過山岑，等候着碰巧吹來的風為它們卸去雨水的負擔。

但是，拋開這些徒然的努力吧，我的靈魂，因為寂靜會使它的音樂在黑暗中成熟起來的。

今天我的生命像是個正在懺悔苦修的修道院，泉水在那兒不敢流動，也不敢低語。

我的心肝，這可不是你跨進大門的時候；一想到你腳鐲上的鈴鐺在小徑上叮叮噹噹地響過來，花園裏的回聲就會感到害羞。

知道明朝的歌曲今天尚在蓓蕾之中，如果它們看見你走過去，它們尚未成熟的心說不定會緊張得破裂的。

一三

心肝，你從哪兒帶來這惴惴不安？

讓我的心愛撫你的心，用接吻把痛苦從你的沉默裏抹掉吧。

黑夜從它的深處拋出這短促的時刻，使愛情得以在這緊閉的重門之內建造一個新天地，還用這一盞孤燈給這新天地照明。

我們只有一枝蘆笛作為樂器，我們兩對嘴唇只好輪流吹奏。我們只有一隻花環作為花冠，只好先戴在你的前額上，然後再綰在我的頭髮上。

從我胸前撕下薄紗，我要在地上鋪設我們的眠床；一個吻，一夜歡樂的睡眠，就會充實我們這個微小而又無涯的天地。

一五

今天我穿上這新的袍子，是因為我的肉體很想放聲歌唱。一見鍾情、永結同心是不夠的，我倒是必須從這種情愛中每天製作出新的禮物，我穿上這新的袍子，豈不像是個新鮮的獻禮？

我的心，像黃昏的天空一樣，對色彩抱着無窮的熱情，因此我更換我的面紗，時而青翠如清涼的嫩草，時而碧綠如冬天的禾苗。

今天，我的袍子的顏色是鑲着雨雲的天空的蔚藍色。這袍子給我的四肢無垠大海的顏色，海外遠山的顏色，袍子的褶裥裏還載着夏雲在風中翺翔的喜悦哩。

一七

夜間，歌曲浮上我的心頭；可是你不在我的身邊。

歌曲找到了我整天在尋找的詞句。是的，天黑以後的轉瞬之間，詞句在寂靜之中吟成了音樂，就像繁星這時候開始閃爍出光芒一般；可是你不在我的身邊。我原是指望在今天早晨唱給你聽的；然而，現在你是在我的身邊了，可我費盡力氣，儘管音樂是出來了，歌詞卻躊躇不前。

二七

我在青草叢生的小徑上散步，忽然聽到背後有人在說話：「瞧你還認識我嗎？」

我轉過身去，瞧瞧她，說道：「我記不得你的名字了。」

她說道：「我是你年輕時遇到的第一個大煩惱。」

她的眼睛，看上去像是空氣裏還含有露水的清晨。

我默默地站了一會兒才開口：「你淚水漣漣的沉重負擔都已消失了嗎？」

她莞爾微笑，默不作聲。我感覺到她的淚水已經有充份的時間學會微笑的語言了。

「有一次你說過，」她悄悄地說道，「你要把你的悲哀刻骨銘心地永遠記住。」

我的臉赧紅了，我說：「是的，我說過；可是歲月流逝，我就忘記了。」

於是，我把她的手握在我的手裏，說道：「可是你變了。」

「過去一度是煩惱，現在已經心平氣和了，」她說。

III

三

兩個村莊隔着一條狹窄河流相望，渡船往返其間。

河水不闊也不深——不過是小徑中斷了，給日常生活添了點兒風險，好比一支歌裏有個歌詞的間歇，曲調依舊歡樂地一瀉而過。

億萬金元的高樓大廈，高聳雲霄而又毀為廢墟了，這些村莊倒依舊隔着琤琮的流水聊着天兒，而渡船往返其間，從春播到秋收，從一個世代到另一個世代。

九

烏雲愈來愈濃重，直至晨曦彷佛一條拖泥帶水的花邊鑲在雨夜上。

一個小女孩站在窗口，沉靜得像是一道彩虹橫掛在平息下來的暴風雨的大門口。

小女孩是我的鄰居，她來到世間彷彿某個神明的叛逆的笑聲。她的母親憤憤地說她是不可救藥的；她的父親莞爾微笑，說她瘋瘋癲癲。

她像是跳過巨礫逃跑的瀑布，像是綠竹的最高枝，在不息的風中颯颯地響。

她站在窗口，向天空裏凝望。

她的姐姐走過來，說：「媽媽叫你呢。」她搖搖頭。

她的小弟弟拿着玩具船走過來，要想拉她去玩兒；她的手從他手裏掙脱出來。男孩子纏住她不放，她在他背上打了一下。

開天闢地的時候，第一個偉大的聲音，是風和水的聲音。

大自然古老的呼喚——大自然對尚未出生的生命的喑啞的呼喚——已經傳送到這女孩子的心裏，而且唯獨把她的心引導到了我們的時間藩籬之外：所以她站在那兒，被永恆迷住纏住了。

二二

這所房子，在它的榮華富貴逝去以後，仍舊流連地站在路旁，像一個背脊上披着一片打了補丁的破布的瘋子。

歲月惡狠狠地抓得它傷痕斑斑，雨季又在它赤裸裸的磚頭上留下了異想天開的簽名。

樓上一個無人居住的房間裏，一對房門中的一扇從生鏽的鉸鏈上脱落了，剩下另一扇孤零零的門，日日夜夜隨着陣風砰砰的響。

某夜，從這所房子裏傳來了婦女慟哭的聲音。她們哀悼家中最小的兒子的夭折，他才十八歲，在流動劇團裏扮演女角謀生的。

過了幾天，這所房子變得靜悄悄的，所有的門都鎖上了。

只有樓上北邊兒那個房間裏，那扇孤獨的門既不願意掉下來休息，又不肯給關上，卻在風中前後搖晃，像一個折磨自己的幽靈。

過了一些時候，兒童的聲音再一次在那所房子裏喧鬧。陽台欄杆上，女人的衣衫晾在陽光裏。一隻鳥兒在覆蓋着的籠子裏鳴囀，一個男孩在平台上放風箏。

一個房客來租了幾間房子。他掙的錢很少，生的孩子很多。勞累的母親打孩子，孩子在地板上打滾、叫喊。

一個四十歲的女傭整天幹着活兒，同她的女東家吵架，威脅說，她要走，可又從來不走。

天天做些小修小葺。窗上沒有玻璃，便貼上紙，欄杆斷卻的地方，用竹爿修補；大門沒有門閂，就用空箱子頂住；牆垣新近粉刷過，陳舊的污漬又隱約地露出來了。

昔日的榮華富貴已在今天的敗落景象裏找到了合適的紀念；然而，他們缺乏足夠的財力，要想用靠不住的辦法來掩蓋敗落的景象，於是就損害了房子的華貴。

他們忽略了樓上北邊兒那個無人居住的房間。那扇孤獨淒涼的門仍舊在風中砰砰的響，彷彿失望女神在捶打自己的胸膛。

二三

苦行者在森林深處緊閉雙目苦修苦煉；他一心要使自己得以進入天堂。

可是，那拾柴的姑娘，用衣裙兜着，給他把果子送來，拿樹葉當杯子，給他從溪流裏把水舀來。

日子一天天過去，他的苦修苦煉愈來愈嚴格了，後來他果子也不吃，水也不喝了：拾柴的姑娘心中悲傷。

天堂裏的君王聽說有個人竟膽敢要想成為神明模樣。他曾一再的同勢均力敵的泰坦作戰，不讓他們進入他的王國；然而他怕的是有力量受苦受難的人。但他懂得塵世凡人之道，便設計了一個圈套誘騙這塵世凡人放棄他的冒險。

天堂裏吹來的氣息，親吻了拾柴姑娘的四肢，她的青春因突如其來的美麗而狂喜得痛苦，她的思想嗡嗡作響，像是蜂房受到干擾的蜜蜂。

苦行者離開森林、到山洞裏去完成他嚴格的苦修苦煉的時候到來了。

苦行者為了啓程張開眼睛的時候，姑娘出現在他的面前，彷彿一首熟悉而又遺忘了的詩，由於新添了曲調而變得新奇。苦行者從座位上站起身來，告訴她說，該是他離開森林的時候了。

「可是，為甚麼剝奪我給你効勞的機會？」她眼睛裏噙着涙水問道。

他重新坐下，沉思良久，便留在原地不動。

那天夜間，姑娘心中悔恨，不能成眠。她開始害怕自己的力量，憎恨自己的勝利，可是她的心靈卻在騷亂不寧的喜悅的波浪上激盪。

早晨，她來向苦行者施禮，說是她必須離開他了，請求他為她祝福。

他默默地凝望着她的臉，然後說道：「去吧，祝你如願以償。」

他多年獨自靜坐，直至他的苦修苦煉功德圓滿。

眾神的君主下臨塵世，告訴他：他已經贏得了天堂。

「我不再需要天堂了，」他說。

上帝問他要想得到的更大酬報是甚麼。

「我要那拾柴的姑娘。」

二六

這人不幹實用的正經事兒，只有各種各樣異乎尋常的幻想。

他一生都花在使小玩意兒盡善盡美上，死後發現自己竟進了天堂，因而大為驚異。

卻說天上的嚮導領錯了地方，竟把這閒人領到了專為善良、忙碌的人們而設的天堂裏去了。

在天堂裏，這閒人沿着大路漫步閒逛，只不過是阻礙了人家的忙忙碌碌。他站到路旁，人家警告他踩壞了播下的種子。人家一推，他嚇了一跳；人家一擠，他朝前移動。

一個十分忙碌的姑娘到井邊來汲水。她的腳奔跑在碎紋石小道上，彷彿敏捷的手指彈撥豎琴的琴弦。她匆匆忙忙地把頭髮隨便挽了一個結，額上鬆散的鬈髮探進了她烏黑的眼睛。

這閒人對姑娘說：「你願意把水壺借給我嗎？」

「我的水壺？」她問，「要用它汲水？」

「不，給它畫上一些花紋。」

「我沒有空，不能浪費時間，」姑娘鄙夷地拒絕了。

卻說一個忙碌的人可沒有機會反對一個空閒之至的人。

每天她在井邊遇到他，每天他都重新提出同樣的要求，她終於讓步了。

這閒人就在水壺上用稀奇古怪的色彩畫出了神秘的錯綜複雜的線條。

姑娘拿起水壺，一邊兒在手裏轉動，一邊兒問：「這畫是甚麼意思？」

「沒有甚麼意思，」他回答道。

姑娘把水壺帶回家去。她舉起水壺，放在各種不同的亮光裏觀看，竭力琢磨其中的奧妙。

到了夜間，她走下床來，點亮燈，從各種不同的角度審視水壺。

這是她生平第一次遇到的沒有意義的事物。

第二天，這閒人又站在井旁了。

姑娘問：「你要甚麼？」

「為你做更多的事？」

「甚麼事？」她問。

「請允許我用五彩的線編成一條帶子，給你束住頭髮。」

「可有甚麼必要？」她問。

「倒沒有甚麼必要，」他承認。

五彩的帶子編成了，從此她在頭髮上要花費許多時間。

天堂裏按部就班、充份利用的時間開始露出不規則的破綻來了。

長老們大傷腦筋，他們開會商議。

嚮導承認犯了錯誤，說是他把錯誤的人帶到了錯誤的地方。

錯誤的人被傳喚來了。他的頭巾，色彩炫目如火焰，看一眼就明白已經鑄成了大錯。

長老的頭領說：「你必須回到人間去。」

這閒人寬慰地舒了一口氣，說：「我十分樂意回到人間去。」

用五彩帶子束住頭髮的姑娘應聲插嘴道：「我也十分樂意到人間去！」

長老的頭領第一次面臨一個沒有意義的局面。

三一

喜馬拉雅山脈啊，你在世界的青春時代，從大地開裂的胸膛裏跳將出來，把你那燃燒着的挑戰，山連山地擲給了太陽。接着是成熟的時代來到了，你對你自己說，「適可而止，別再向遠處延伸了！」而你那羨慕雲霞自由自在的火熱的心，發覺了它的限度，便凝然肅立，向無限致敬。你的激情經過了這種克制以後，美麗便自由自在地在你胸膛上遊戲，信賴便懷着繁花和飛鳥的喜悅擁護在你的周圍。

你坐在孤寂裏像一個博覽群書的學者，你的膝頭上攤開着一本無數石頭篇頁編成的古書。請問書裏寫的是甚麼故事？——是神聖的苦修士濕婆和愛神婆伐尼的永恆婚禮？——是恐怖之神向脆弱之力求婚的戲劇？

註釋：

[1] 鄔闍衍那：即優禪尼，旃陀羅笈多二世的首都。

[2] 烏爾瓦希：天國裏的舞女，從大海上升騰而起的。

新月集

家庭

我獨自在穿過田野的大路上踽踽而行，夕陽正在把它最後的黃金收藏起來，像個慳吝人一般。

白晝愈來愈深地沉沒到黑暗裏去了；而孤苦無依的大地，地上的莊稼收割殆盡，默默無言地躺在那兒。

一個孩子的尖銳的聲音突然響徹雲霄。孩子橫渡看不見的黑暗，把他歌聲的蹤跡，留在黃昏的寂靜上。

他那鄉村的家庭坐落在荒地盡頭、甘蔗田外，藏在香蕉樹和細長的檳榔樹、椰子樹和深綠色的木菠蘿樹的樹影裏。

我在星光下我那孤寂的路上小立片刻，看到面前伸展着黑沉沉的大地，大地正以她的雙臂環抱着不計其數的家庭，這家家戶戶都有着孩子的搖籃和大人的眠床，母親的心和黃昏的燈，以及全然不知其歡樂對於世界的價值的、興高采烈的年輕的人。

開端

「我是從哪兒來的，你在哪兒把我撿來的？」嬰兒問他的母親道。

母親把嬰兒緊緊抱在懷裏，又是哭又是笑地答道：

「我的心肝，你是我藏在我心裏的心願。

「你存在於我童年遊戲的泥娃娃之間，每天早晨我用泥土塑我的神像，那時我就把你塑了又毀了。

「你同我們的家神一起供在神龕裏，我禮拜家神時也禮拜了你。

「你曾經生活在我的一切希望和愛情裏，你曾經生活在我的生命和我母親的生命裏。

「你已經在主宰我們家庭的、不滅的精靈的懷抱裏養育了好幾個世代了。

「我是個姑娘的時候，我的心展開了它的花瓣，而你像馥郁香氣繚繞在它的周圍。

「你的溫柔嬌嫩，像花一般的盛開在我青春煥發的四肢上，彷彿是日出前天空裏的霞光。

「天堂的第一個心肝寶貝，晨曦的孿生兄弟，你在世界的生命之流裏順流而下，終於停泊在我的心頭了。

「當我端詳着你的時候，神秘奧妙之感把我壓倒了；原是屬於大家的你，竟變成是我的了。

「生怕失掉你，我把你緊緊抱在懷裏。是甚麼魔法，使你這世界的珍寶，落到了我纖細手臂的懷抱裏？」

裁判

你愛怎麼説他就怎麼説吧，可是我倒知道我的孩子的弱點的。

我愛他，並不因為他好，而是因為他是我的幼稚的孩子。

權衡他的優點和缺點時，你怎麼會知道他有多麼可愛？

當我非懲罰他不可的時候，他就變得越發是我的一部份了。

當我使他流淚的時候，我的心和他一同哭泣。

唯獨我一個人有權利罵他罰他，因為只有愛他的人才能治他。

玩具

孩子，你多麼快樂，整個兒早晨坐在泥土裏，玩着一根折下來的樹枝。

我莞爾微笑，看你玩着那折下來的小小樹枝。

我忙於算賬，一小時又一小時地把數字加起來，加起來。

也許你瞧我一眼，心中想道：「好一個愚蠢的遊戲，把你的早晨都糟蹋掉了！」

孩子，聚精會神玩樹枝與泥餅的技藝，我已經忘記了。

我搜求昂貴的玩具，收集金塊和銀塊。

你不論找到甚麼都可以創造出快樂的遊戲，我卻在我永遠得不到的東西上浪費我的時間和精力。

我掙扎着駕駛脆弱的獨木舟橫渡慾望之海，卻忘記了我也在做着遊戲。

金香木花

如果我鬧着玩兒，變成一朵金香木花，長在那樹的高枝上，在風中笑得搖搖擺擺，在新生嫩葉上跳舞，媽媽，你認得出是我嗎？

你會叫喚：「孩子，你在哪兒啊？」我要暗自好笑，一聲也不吭。

我要暗暗展開花瓣，看着你工作。

你洗澡之後，濕髮披在兩肩，穿過金香木花的陰影，走到小院子裏去祈禱時，你會聞到花香芬芳，可你不知道這芳香是從我身上發出來的。

午餐之後，你坐在窗邊讀《羅摩衍那》[1]，樹影落在你的頭髮與膝頭上時，我要把我小而又小的影子投在你的書頁上，就投在你正在閱讀的地方。

可你會猜到這就是你的小孩子的小而又小的影子嗎？

黃昏時分，你手中掌着點亮的燈，走到牛棚裏去，我要突然再落到地上，重新成為你自己的孩子，求你給我講個故事。

「你這頑皮孩子，你上哪兒去了？」

「媽媽，我才不告訴你呢。」這就是我同你要說的話了。

小小仙境

如果人們知道了我的國王的王宮在甚麼地方，王宮就會消失在空氣裏。
宮牆是白色的銀子做的，屋頂是閃光的金子做的。
王后住在有七個庭院的御苑裏，她佩戴的珠寶，價值七個王國的全部財富。
不過，讓我悄悄告訴你，媽媽，我的國王的王宮在甚麼地方。
王宮就在我們的陽台角落裏，安置那盆杜爾茜花的地方。

公主躺在隔着七個不可逾越的海洋的彼岸，沉沉睡去。
除了我自己，世界上沒有人能找到公主。
公主手臂上戴着手鐲，耳朵上掛着珍珠耳墜，她的長髮下垂，拂在地板上。
我用魔杖觸動她時，她會醒過來；而她微笑時，珠寶會從她的唇邊落下來。
不過，讓我湊着你的耳朵悄悄告訴你，媽媽，她就在我們的陽台角落裏，安置那盆杜爾茜花的地方。

你要到河邊去洗澡的時候，你走到屋頂陽台上來吧。
我就坐在牆垣的影子聚首相會的那個角落裏。
我只讓小貓咪跟着我，因為小貓咪知道故事裏的理髮匠住在甚麼地方。
不過，讓我湊着你的耳朵悄悄告訴你，媽媽，故事裏的理髮匠住在甚麼地方。
就住在我們的陽台角落裏，安置那盆杜爾茜花的地方。

流放的地方

媽媽，天空裏的光芒逐漸暗淡；我不知道是甚麼時候了。
我的遊戲一點兒也不好玩，所以我到你身邊來了。今天是星期六，是我和你的假日。
放下你的活計吧，媽媽；坐在靠窗的這一邊，告訴我，神話裏的特潘塔沙漠，究竟在甚麼地方。
大雨的陰影遮蓋着白晝，從這頭遮到那頭。

兇猛的閃電正在用它的爪子抓着天空。

烏雲轟響、雷聲隆隆的時候，我心裏害怕，我依附在你的身邊，我喜歡這樣。

大雨在竹葉上嘩啦啦的響上好幾個鐘點，我家的窗子也隨着陣風震得格格的響，這時候，媽媽，我喜歡單獨和你一起坐在房間裏，聽你講到神話裏的特潘塔沙漠。

媽媽，沙漠究竟在哪兒，在甚麼海的海灘上，在甚麼山的山麓下，在甚麼國王的王國裏？

那兒沒有標明田地疆界的籬笆，也沒有村民們可以在晚間走回村子去的、或者婦女們在森林裏撿了枯枝可以運到市場上去的小徑。特潘塔沙漠躺在那兒，沙土裏只有小塊的黃色枯草，只有一棵樹，一對聰明的老鳥在樹上作巢。

我可以想像，就在這樣一個烏雲滿天的日子，國王的年輕的兒子，怎樣的獨自騎着灰色馬穿過沙漠，去尋找那被囚禁在不可知的海洋彼岸巨人宮裏的公主。

當濛濛雨霧從遙遠的天空下降，電光閃射如突然發作的疼痛，他可記得他的不幸的母親，被國王拋棄，正在打掃牛棚，擦着眼淚，當他騎馬穿過神話裏的特潘塔沙漠的時候？

媽媽，你瞧，白晝還沒有完，天色就差不多黑了，那邊兒村子裏路上已經沒有行人了。

牧童早已從牧場上回家來了，人們離開了耕地，坐在屋檐下的草席上，望着那苦着臉的愁雲。

媽媽，我把我所有的書都放在書架上了——現在可不要叫我做功課。

等我長大了，長得跟爸爸一樣大了，我會把必須學習的都學到手的。

可是，媽媽，你今天得告訴我，神話裏的特潘塔沙漠在哪兒？

紙船

一天天的，我把紙船一個個的放在奔流的溪水裏。

我用又大又黑的字母，在紙船上寫下我的姓名和我居住的鄉村。

我希望陌生的土地上有人會發現這些紙船，知道我是誰。

我從我的花園裏採集了秀麗花，裝在我的小船裏，希望這些曙光之花會安全運達夜的國土。
我送我的紙船下水，仰望天空，我看到小小雲朵正張着鼓鼓的白帆。
我不知道是天空裏我的甚麼遊伴把它們放下來同我的紙船競賽！
夜來了，我的臉埋在手臂裏，我夢見我的紙船在子夜星光下向前飄浮，飄浮。
睡眠的精靈在紙船裏揚帆前進，船裏載的是裝滿了夢的籃子。

對岸

我渴望着要到河流的對岸去，
那兒的船隻排成一行，繫在竹竿上，
人們在早晨乘船渡過河去，肩上扛着犁，去耕耘他們的遙遠的田地；
牧人們驅趕着哞哞嗚叫的牛群游到對面河邊的牧場上去；
黃昏時分，他們都從那兒回家來了，留下豺狼在長滿野草的島上號叫。
媽媽，如果你不反對，我長大後要做個擺渡的船夫。

據說，在那高高的河岸背後，藏着許多奇怪的池塘，
下過雨後，便有一群群野鴨來到池上；而環繞池邊密密地長着蘆葦的地方，水
鳥在那兒下蛋；
舞弄着尾巴的沙錐鳥，把牠們細小的足印踩在潔淨的軟泥上；
黃昏時分，頭頂着白花的長長茂草，邀請月光在草浪上浮游。
媽媽，如果你不反對，我長大後要做個擺渡的船夫。

我要在河岸與河岸之間來來往往，村子裏所有在河中洗澡的少男少女都會驚奇
地瞧着我。
當太陽爬上中天，早晨變為正午，我要跑到你身邊來，說：「媽媽，我肚子餓
了！」
當白晝完結、陰影在樹下哆嗦，我就在暮色中回來。
我決不像爸爸那樣離開你到城裏去工作。
媽媽，如果你不反對，我長大後要做個擺渡的船夫。

花兒學校

雷電交作的風雲在天空隆隆的響，六月的陣雨嘩啦啦地傾瀉而下，

潮濕的東風疾捲過荒原，到竹林裏來吹它的風笛，

這時，成群的花兒便從誰也不知道的地方冒了出來，歡天喜地的在青草上跳舞。

媽媽，我真的覺得花兒們是在地下學校裏上學。

它們關起校門做功課，如果它們違反校規，過早的跑出來玩兒，它們的老師就要罰它們站在牆角裏。

大雨來時，花兒們便放假了。

樹枝在林中磕磕碰碰的，樹葉在狂風中簌簌的響，雷電交作的黑雲鼓着巨掌，而花兒娃娃們便穿着粉紅、鵝黃、雪白的衣裳，衝出來了。

媽媽，你可知道，花兒的家是在天上，在星星居住的地方。

你不看見花兒們急着要到天上去嗎？難道你不知道它們為甚麼這樣急急忙忙嗎？

當然啦，我猜得出花兒們向誰伸出了雙臂：因為花兒自有花兒的媽媽，就像我有我自己的媽媽一樣。

同情

如果我不是你的小孩，而只是一隻小狗，親愛的媽媽，我想吃你盤子裏的食物時，你會對我說聲「不」嗎？

你會攆我走，對我說，「走開，你這頑皮的小狗」嗎？

如果這樣，那我就走了，媽媽，走了！你叫喚我時，我就決不到你身邊來，決不讓你再來餵我吃東西了。

如果我不是你的小孩，而只是一隻綠色小鸚鵡，親愛的媽媽，你會用鏈子把我縛住，生怕我飛走嗎？

你會對我指指點點地說：「好一隻不知感恩的鳥！牠日日夜夜咬着鏈子」嗎？

如果這樣，那我就走了，媽媽，走了！我就一定逃到森林裏去，我就決不讓你再把我抱在懷裏了。

職業

早晨，鐘敲十下的時候，我穿過小巷上學去。

每天我都遇見小販在叫賣：「鐲子啊，亮晶晶的鐲子！」

他沒有甚麼急事要辦，沒有甚麼路非走不可，沒有甚麼地方非去不可，沒有一定的時間非回家不可。

我但願我也是個小販，在街道上消磨日子，叫賣着：「鐲子啊，亮晶晶的鐲子！」

下午四點，我放學回家。

我從房子的大門口可以望見園丁在掘地。

他拿着鐵鍬，愛怎麼掘就怎麼掘，塵土把衣服都弄髒了；如果他在太陽下烤或是被雨水淋濕了，也沒有人責備他。

我但願是個園丁，在花園裏一味掘地，根本沒有人阻止我。

晚間天色剛黑，我的母親就送我上床睡覺。

從打開的窗口，我可以看見守夜的更夫走來走去，走去走來。

小巷裏黑暗而冷清，路燈站在那兒，像個只生一隻紅眼睛的巨人。

守夜的更夫提着搖搖晃晃的燈，同他身邊的影子一起走動，他生平從來不上床睡覺。

但願我是個守夜的更夫，整夜在街上走來走去，提了燈追逐着影子。

十二點鐘

媽媽，我現在真不想做功課了。我整個兒上午都在讀書用功。

你說，還不過是十二點鐘。就算再晚也晚不過十二點吧；難道你不能把不過十二點鐘想像成午後嗎？

我能輕易地想像：現在太陽已經落到了稻田邊緣，老漁婆正在池塘邊採擷香草作她的晚餐。

我只要一閉上眼睛，就能想像到牛角瓜樹下的陰影愈來愈黑了，池塘裏的水烏黑發亮。

如果十二點鐘能在黑夜裏來臨，為甚麼黑夜不能在十二點鐘時來臨？

寫作

你說爸爸寫了許多書，我可不懂得他所寫的東西。

他整個兒黃昏都在讀書給你聽，可你真的能聽懂他的意思嗎？

媽媽，你能講給我們聽多麼美妙動聽的故事！我弄不明白，為甚麼爸爸不能這樣寫書？

難道他從來沒有從他自己的媽媽那兒聽到過關於巨人、神仙和公主的故事嗎？

他已經完全忘了嗎？

爸爸時常拖拖拉拉，耽誤了洗澡，你不得不上百次的催他。

你等候着，你替他把菜餚溫着，可他一個勁兒寫下去，忘記吃了。

爸爸始終玩着寫書的遊戲。

如果我闖到爸爸的房間裏去玩耍，你就要來叫我，說我是「一個多麼頑皮的孩子」！

如果我稍為出點兒聲音，你就會說：「難道你沒看見你爸爸在工作嗎？」

老是寫呀寫呀的，又有甚麼趣味呢？

當我拿起爸爸的鋼筆或鉛筆，在他的書上像他那樣的寫字：a，b，c，d，e，f，g，h，i——那時你又為甚麼跟我生氣，媽媽？

爸爸寫字的時候，你可從來不說一句話的。

我爸爸浪費掉那麼大堆大堆的紙，媽媽，你好像都滿不在乎。

可是，我不過拿一張紙摺了一隻船，你就會說：「孩子，你淘氣得真夠嗆！」

爸爸把一張又一張的紙頭，正反兩面都用密密麻麻的黑色記號糟蹋掉了，你心裏又怎樣想呢？

惡郵差

親愛的媽媽，告訴我，為甚麼你坐在那邊地板上，一動也不動，一句話也不說？

雨從打開的窗口灑進來，把你全身都淋濕了，而你卻毫不在意。

你可聽見鐘打了四下？該是我哥哥放學回來的時候了。

你的神色這麼異乎尋常，究竟發生了甚麼事啊？

今天你沒接到爸爸的來信？

我看見郵差的郵袋裏裝着許多信，幾乎給鎮上每個人都送了信去。

只有爸爸寫來的信，郵差都留着給他自己看了。我確信這郵差是個惡人。

可是，親愛的媽媽，你不要因此不開心。

明天是鄰村市集的日子。你叫女僕去買筆和紙來。

我親自來寫爸爸的一切家信；管保你找不出一個寫錯的地方。

我要從A字一直寫到K字。

可是，媽媽，你為甚麼笑呢？

你不相信我會寫得同爸爸一樣好？

不過，我會仔細用尺畫好線，然後把所有的字母寫得又美又大。

我寫好了，你以為我會像爸爸那樣傻，把信投到那可怕的郵差的郵袋裏去嗎？

我會立刻親自給你送去，而且一個字母又一個字母地幫助你讀我寫的字。

我知道，那郵差是不肯把真正的好信送給你的。

結局

該是我走的時候了，媽媽；我走了。

你在寂寞黎明的薄暗中伸出手去抱你床上的孩子時，我要告訴你，「孩子不在了！」——媽媽，我走了。

我要變成一縷輕風撫摸你；你沐浴時我要變成水裏的漣漪，我要再三的親你吻你。

大風之夜，雨點淅淅地落在葉子上，這時你會聽見我在你床上喁喁細語；而我的笑聲，會隨着閃電從打開的窗口閃進你的房間。

如果你躺在床上睡不着，想念你的孩子直至深夜，我要從繁星上給你唱歌：「睡吧，媽媽，睡吧。」

我要乘明月的游光，偷偷地來到你的床上，在你沉沉入睡時躺在你的胸膛上。

我要變成一個夢，穿過你眼皮的細縫，溜到你的睡眠深處；當你醒過來，吃驚地向四周張望時，我就像閃爍明滅的螢火蟲一樣飛到外邊兒黑暗中去。

逢到盛大的「難近母祭日」，鄰家的孩子都來屋子附近玩耍時，我要融化在笛聲裏，整天在你心頭起伏動盪。

親愛的姨母帶着節日禮物來訪，會問你：「姐姐，咱們的孩子在哪兒？」媽媽，你會柔聲細氣地告訴她：「他在我的瞳人裏，他在我的身體裏和靈魂裏。」

第一次手捧素馨花

啊，這些素馨花，這些白色素馨花！

我彷彿還記得我第一天雙手捧滿這些素馨花，這些白色素馨花的景象。

我愛陽光，愛天空和蒼翠大地。

我聽見河流在子夜黑暗裏汩汩流動的聲音；

秋天的夕陽，在寂寥荒原上大路轉彎處迎我，像新娘撩起面紗迎接她的新郎。然而，我是個孩子時第一次捧在手裏的白色素馨花，回憶起來依舊是甜蜜的。

我生平有過許多快樂的日子，節日之夜我曾同逗樂的人一起哈哈大笑。

雨天灰暗的早晨，我曾低吟過許多閒適的詩歌。

我頸子上還戴過情人親手用醉花編織的黃昏花環。

然而，回憶起我是個孩子時第一次雙手捧滿新鮮的素馨花，我的心裏依舊是感覺甜蜜的。

榕樹

啊，你挺立在池塘邊的蓬頭散髮的榕樹，你可忘了那小小的孩子，像小鳥一樣在你樹枝上築巢而又離開了你的那個孩子？

你可記得他坐在窗邊，對你深入地下的糾結錯雜的樹根感到詫異？

婦女們常到池邊來汲水滿罐，你的大黑影便在水面上蠕蠕而動，彷彿睡眠掙扎着要醒過來似的。

陽光在漣漪上閃爍跳動，彷彿不息的小梭子在織着金色的掛毯。

兩隻鴨子在長着蘆葦的池邊游泳，游在牠們自己的影子上，而那孩子靜靜地坐着遐想。

孩子想成為風，吹過你簌簌的樹枝；想成為你的影子，在水面上隨着白晝的流光而逐漸伸長；想成為鳥兒，棲息在你的最高枝上；還想同那些鴨子一樣，在蘆葦與陰影之間浮游。

禮物

我要送點東西給你，我的孩子，因為我們都是漂泊在世界的流水之中的。

我們的生命將被分開，我們的愛將被忘記。

然而我倒沒有那麼傻，竟指望用禮物來買你的心。

你的生命正年輕，你的道路是漫長的，你一口氣飲下我們帶給你的愛，便轉過身去，離開我們跑掉了。

你有你的遊戲和你的遊伴。如果你無暇同我們在一起，如果你想不到我們，那又何妨！

我們在老年時，確實有足夠的閒暇，去計算過去的日子，把手中永遠失去的東西，在心裏珍愛着。

河流沖破一切堤防，歌唱着迅速流去了。然而山峰留了下來，念念不忘，深情地追憶着。

我的歌

我這歌將以它的音樂縈繞你，我的孩子，猶如深情熱愛的雙臂。

我這歌將愛撫你的額頭，猶如祝福的吻。

你獨自一人時，它將坐在你的身旁，在你耳邊低語；你在人群之中時，它將像籬笆似的圍着你，使你超然絕俗。

我的歌將替你的夢添上翅膀，把你的心載運到未知境界的邊緣。

黑夜籠罩你的道路時，它將如忠實的明星在你頭上照耀。

我的歌將坐在你眼睛的瞳人裏，使你的目光滲透到萬物的內心裏。

當我人亡聲絕的時候，我的歌將在你生機勃勃的心裏說話。

註釋：

[1] 《羅摩衍那》：印度兩大史詩之一，共七卷，約二萬四千頌，每頌兩行。我國有季羨林先生的全譯本。

飛鳥集

一

夏天的離群飄泊的飛鳥，飛到我的窗前鳴囀歌唱，一會兒又飛走了。

而秋天的黃葉無歌可唱，飄飄零零，嘆息一聲，落在窗前了。

四

大地的淚水，使她的微笑永不凋謝地開花。

八

她那有所思慕的臉，猶如夜間的雨，縈迴在我的夢境裏。

九

我們一度夢見彼此是陌路人。

醒來時發現我們是相親相愛的。

二五

人是個天生的孩子，人的力量是生長壯大的力量。

三六

瀑布唱道：「我找到了自由時，也就找到了歌。」

四二

你微笑，對我默默無言，可我覺得，我為此情此境，已經等待很長久了。

四五

他把他的武器當作神明。
他的武器勝利時，他自己也就失敗了。

四六

上帝在創造中發現他自己。

五五

我的白晝已經完了，我像是一隻拖到了海灘上的小船，靜聽着黃昏漲潮的舞樂。

七二

這蒙着霧和雨的煢獨的黃昏，我在我心的孤寂裏，感覺到了它的嘆息。

七四

霧，像愛情一樣，在山巒的心上遊戲，創造出了種種驚人的美麗。

八三

想行善的，叩門；而愛人的，看見門敞開着哩。

八五

藝術家是自然的情人，因而藝術家既是自然的奴隸，又是自然的主人。

一〇四

遙遠的夏季的音樂，餘音繚繞着秋季，在尋訪它的舊巢。

一〇六

無名的日子的感觸，我至今耿耿於懷，正如蒼苔黏附在老樹的周身。

一一一

太陽穿樸素的光明之袍。彩雲衣飾華麗。

一二〇

黑夜，我感覺到你的美了，你美如一個可愛的婦人，當她把燈滅了的時候。

一二三

親愛的朋友，多少個暮色深沉的黃昏裏，我在這個海灘上諦聽着海濤澎湃的時候，我感受到了你那偉大思想的沉默。

一二六

使卵石臻於完美的，並非錘的打擊，而是水的且歌且舞。

一三〇

如果你把所有的錯誤都關在門外，那麼，真理也要被排斥了。

一三九

時間是變化的財富，然而時鐘拙劣的模仿，卻只有變化而毫無財富。

一五〇

我的思想隨着閃爍的綠葉而閃爍，我的心隨着陽光的愛撫而歌唱，我的生命樂於隨同萬物浮游於空間的蔚藍裏，時間的墨黑裏。

一五六

偉大的，不怕與弱小的同行。
中庸的，卻遠而避之。

一七六

杯中的水閃閃生光，海裏的水是黑沉沉的。
小道理可用文字說清楚；大道理卻只有偉大的沉默。

一八一

我的白晝之花落下了它那被人遺忘的花瓣。
這花在黃昏裏便成熟為一顆記憶的金果。

一八三

在我看來，黃昏的天空，好比一扇窗子，一盞點亮的燈，燈下的一次等待。

一九八

蟋蟀唧唧，夜雨瀟瀟，透過黑暗傳到我的耳邊，彷彿我那逝去的青春，衣衫綷綵有聲地來到我的夢裏。

二〇〇

燃燒着的原木，爆發出火焰，大聲叫道：「這是我的花朵，我的死亡。」

二〇二

河岸對河流說：「我無法留住你的波濤，

讓我把你的足印留在我的心上吧。」

二一四

我們的慾望，把長虹絢爛的色彩，借給了只不過是雲霧的人生。

二三四

我的朋友，你的心隨着東方日出而放射光芒，正如晨光裏孤寂山嶺的積雪峰巔。

二四〇

爆竹啊，你對繁星的侮辱，跟着你回到了地上。

二四三

川流不息的真理，通過錯誤的溝渠，奔湧而出。

二四九

烏雲受到陽光的接吻，便變成天上的鮮花。

二五五

我的心啊，從世界的運動中探索你的美吧，正如小舟之美，得之於風與水的激盪。

二六六

我的情人，我不要求你進我的屋子，
你到我的無窮孤寂裏來吧。

二六七

死亡之隸屬於生命，正如誕生一樣。
走路之需要舉足，正如需要落足一樣。

二六九

黑夜之花開得遲了，當晨光吻她的時候，她渾身戰慄，唏噓嘆息，終於萎落在地上了。

二七二

當我離去的時候，讓我的思想來到你的身邊，正如那夕陽的餘暉，映在寂靜星空的邊緣。

二七九

讓死者有不朽的名譽，生者有不朽的愛情。

二八〇

上帝啊，我看見了你，就像似醒非醒的孩子，在黎明的薄暗裏看見了他的母親，於是微微一笑又睡去了。

二八三

愛便是充實圓滿的生命，正如斟滿了酒的杯子。

二九一

從往昔的日子裏飄浮到我生活裏來的雲層，再也不降下雨點或引起風暴了，卻給我那夕陽返照的天空添上了色彩。

二九九

上帝等待着人在智慧裏重新獲得他的童年。

三〇一

您的陽光對我心頭的冬日微笑，從不懷疑這心的春華。

三〇八

今夜，棕櫚葉子嘩啦啦的響，海上湧起大波大浪，彷彿世界在心悸心顫。月亮啊，你從甚麼不可知的天空裏，默默無言地帶來了愛情的痛苦秘密呢？

三〇九

我夢見一顆星，一個光明之島，我將在那兒出生，在它那生氣勃勃的閒暇深處，我生命的事業將臻於成熟，彷彿秋天陽光下的稻田。

三一六

人類的歷史，耐心地等待着被侮辱者的勝利。

三一七

此刻我感到你的凝視落在我的心上，彷彿早晨陽光燦爛的沉默，落在已經收割過的孤寂的田地上。

三二〇

我攀登高峰，發現名譽的高處荒涼貧瘠，找不到棲身之所。我的嚮導啊，趁着光明尚未消失，領我進入安靜的山谷，讓一生的收穫在山谷裏成熟，化為黃金般的智慧。

採果集

一

吩咐我，我就採集果實，一筐筐裝得滿滿的，送到你的院子裏，儘管有的失落了，有的尚未成熟。

由於豐收，季節不勝重負，而綠蔭裏有悽婉的牧笛聲。

吩咐我，我就在河上啓碇揚帆。

三月的風是暴躁的，把懶洋洋的水波激盪得潺潺有聲。

花園已經獻出它的一切果實，在黃昏倦怠的時刻裏，從夕陽西下的岸邊，從你那所房子裏，又傳來了呼喚的聲音。

二

年輕的時候，我的生命像一朵花——這朵花在和煦春風來到她門口乞求時，從她的豐盛裏施捨一二片花瓣，也從不感到甚麼損失。

如今青春已逝，我的生命像一顆果實，已無他物可施可捨，只等着把果實本身及其所負荷的充盈的甜蜜，完全供獻出來。

四

我醒來，發現他的信與清晨俱來。

我不知道信裏説甚麼，因為我不識字。

且讓聰明人徑自去讀他的書，我不想麻煩他，因為誰知道他能否看懂信裏的話。

讓我把信舉到額上，按在心頭。

夜闌人靜，繁星一顆顆出現時，我要把信攤在膝上，悄然獨坐。

綠葉蕭蕭，會替我朗誦這信，流水汩汩，會替我吟詠這信，而智慧七星會在天空裏替我歌唱這信。

我找不到我尋覓的，我不理解我要學習的，可這封未讀的信減輕了我的負擔，而且把我的思想轉化成了歌曲。

六

在鋪設道路的地方，我迷了路。
在浩淼大水上，在瓦藍天空裏，沒有一絲兒路徑的跡象。
路徑被眾鳥的翅膀、天上的星火、四季流轉的繁花遮掩了。
於是我問我的心，它的血液裏可有智慧能發現那看不見的道路。

十五

你講的話樸實無華，我的主啊，可那些講起你的人，他們的話並不如此。
我懂得你的繁星的話語，懂得你的樹林的沉默。
我知道我的心會像一朵花兒似的盛開；知道我的生命已經在隱秘的泉水邊充實了它自己。
你的歌曲，彷彿來自寂寥雪原的飛鳥，要飛到我心頭築巢，以迎迓四月的溫暖，而我也滿足於等待那歡樂的季節。

十八

不，催蓓蕾開花，你可辦不到。
搖撼蓓蕾也好，敲打蓓蕾也好，催它開花你可無能為力。
你的撫摸玷污了它，你撕碎它的花瓣，把它們撒在塵土裏。
然而，沒有色彩，也沒有芳香。
啊！催蓓蕾開花，你可辦不到。

他能催蓓蕾開花，他輕而易舉。
他看它一眼，生命之液便在它血管裏流動。
他吹一口氣，花兒便展翅隨風飛舞。
色彩紛呈，如內心的渴望，芳香又透露了甜蜜的秘密。
他能催蓓蕾開花，他輕而易舉。

二一

總有一天，我會遇見我內心的生命，會遇見藏在我生命中的歡樂，儘管歲月以其閒散的塵埃迷糊了我的道路。

我曾在它隱約閃現時認識它，它的氣息一陣陣的襲來，使我的思想芳香片刻。

總有一天，我會遇見那留在光明屏幕後面的、無我的歡樂——我會佇立在橫溢慾流的寂寞之中，在那兒，世界萬物一目了然，猶如造物主看到的一樣。

二七

薩那坦在恆河之濱數着念珠祈禱，一個衣衫襤褸的婆羅門來到他面前，說：「我窮苦極了，你行行好吧！」

「化緣的碗是我的全部財產，」薩那坦說，「我已經把我所有的一切都施捨出去了。」

「可是濕婆大神給我託夢，」婆羅門說，「教我來求你。」

薩那坦突然記起，他在河灘上卵石堆裏撿到過一粒無價寶石，想到也許有人需要它，便把它埋藏在沙土裏。

薩那坦給婆羅門指出了地點，婆羅門心中詫異，把寶石挖了出來。

婆羅門坐在地上，獨自沉思默想，直至太陽落到樹木背後，牧童趕着牛群回家。

於是婆羅門站起身來，緩緩地向薩那坦走去，說道：「大師父，給我那麼一點兒鄙夷世間一切財富的財富吧。」

他說罷就把那珍貴的寶石扔到水裏去了。

三二

舍衛城饑荒嚴重，釋迦牟尼問他的信徒：

「你們中間有誰願意承擔賑濟飢民的責任？」

銀行家拉特那卡爾垂首答道：「賑濟飢民所需的費用，我傾家盪產也遠遠不夠。」

國王的軍隊司令詹森說：「我甘願流血犧牲，然而我自己家裏糧食也不夠吃的。」

廣有良田的達馬帕爾長嘆一聲，說道：「旱魃已經把我的田地吮乾了。我還不知道怎樣向國王繳納田賦哩。」

於是托鉢僧的女兒蘇普里雅站了起來。她向大家鞠躬施禮，溫順地說道：「我願意賑濟飢民。」

「啊！」他們驚訝地叫了起來。「你能指望怎樣實現你的誓言呢？」

「同你們相比，我是最窮的，」蘇普里雅說道，「那正是我的力量所在。我的金庫和糧倉就在你們每個人的家裏。」

三三

當我想給你塑造一個脱胎於我的生活的形象，讓世人膜拜的時候，我帶來了我的塵土和慾望，以及我的色彩繽紛的幻想和夢。

當我要求你用我的生活塑造一個醞釀於你的內心的形象，讓你去熱愛的時候，你帶來了你的火與力，以及真理、美麗與和平。

三四

「陛下，」臣僕向國王稟報道：「聖徒那盧達摩從未屈尊進入皇家神廟。

「他在大路旁樹蔭下唱着頌神的歌。神廟裏空空如也，沒有禮拜的人。

「人們成群地圍在他身邊，像蜜蜂圍着白蓮花，滿不在乎地丢下了盛蜜的金樽。」

國王心中惱火，走到那盧達摩坐在青草上的地方。

國王問他：「師父，為甚麼你離開我的金頂神廟，坐在外邊兒塵土裏宣講神的愛？」

「因為神不在你的神廟裏，」那盧達摩說。

國王皺着眉頭說道：「你可知道，修建這座藝術奇蹟花了兩千萬金幣，還耗費巨資舉行了奉獻典禮？」

「是的，我知道的，」那盧達摩答道，「就在那一年，成千上萬的老百姓，家裏的房子被燒毀了，他們站在你門口求你幫助，而你不為所動。

「於是神說：『好一個可憐可哀的東西，他不能給他的兄弟棲身之所，倒為我修建廟宇！』

「於是神和無家可歸的人民一起待在大路旁樹蔭下。

「而那金泡裏，除了驕傲的熱氣，空蕩蕩的，一無所有。」

國王怒氣沖沖地喝道：「滾出我的國境去。」

聖徒鎮靜地說道：「好吧，從你放逐過神的地方把我放逐出去吧。」

三七

釋迦牟尼的弟子烏帕古普塔偃臥在馬圖拉城牆邊的塵土上。

家家戶戶的燈都滅了，門都關上了，繁星都隱沒在八月陰暗的天空裏了。

是誰的腳鐲叮噹的纖足，突然之間碰到了他的胸膛？

他驚醒了，一個婦人掌着燈，燈光照耀着他寬容的眼睛。

原來是個舞女，珠光寶氣如繁星閃爍，淡藍衣裳如輕雲繚繞，正沉醉於青春煥發的美酒哩。

她把燈兒向下移動，看見了他年輕的臉：好不莊嚴美麗。

「原諒我，年輕的苦修者，」婦人説道，「請光臨寒舍吧，盡是塵埃的土地，可不是適宜於你睡覺的地方。」

苦修者答道，「婦人，不用費心了，你徑自走吧；時機成熟，我自會去找你的。」

突然，閃電一亮，黑夜露出了牙齒。

暴風雨在天空一角咆哮，婦人害怕得發抖。

× × ×

道旁樹木繁花滿枝，不勝重負。

在溫暖的春天的空氣裏，從遠方飄來了歡樂的笛聲。

城裏人到森林裏去歡度百花節。

圓月在中天凝望着寂靜城市的黑影。

年輕的苦修者在冷冷清清的街上躑躅，而頭上是害相思病的杜鵑在芒果樹的枝頭傾訴失眠的煩惱。

烏帕古普塔穿過城門，站在護城堤下。

那患着黑死病、遍體斑瘡、被匆匆趕出城外、而今倒臥在他腳下城牆陰影裏的婦人是誰呢？

苦修者坐在她身邊，讓她的頭枕在他膝上，用水浸潤她的嘴唇，替她渾身塗上香膏。

「慈悲的人，你是誰啊？」那婦人問道。

「看望你的時候終於來臨了，所以我到你身邊來了，」年輕的苦修者答道。

四三

國王頻比薩爾為釋迦的舍利修建了一座佛龕，一份以白色大理石表達的敬意。

黃昏時分，王室所有的新娘和姑娘都來奉獻鮮花，點亮燈火。

王子成為國王以後，用鮮血蕩滌了父王的信仰，用神聖的佛經點燃起獻祭的火光。

秋日將盡。

黃昏禮拜的時辰近了。

侍奉王后的宮女稀麗瑪蒂，虔誠信奉釋迦的信女，在聖水裏沐過浴，在金盤裏擺上明燈和潔白鮮花，默默地抬起她黑色的眸子，仰望着王后的臉。

王后悚然戰慄，說道：「傻丫頭，難道你不知道，凡是去佛龕禮拜奉獻的，不論是誰，一律處死？

「這可是國王的聖旨。」

稀麗瑪蒂向王后鞠躬施禮，轉身離開王后的房門，走過來站在艾米塔——王子的新婚妻子——面前。

膝上放着一面鋥亮的金鏡，新嫁娘正編着她又黑又長的辮子，並且在頭髮分開的地方點上吉祥的朱砂。

她看見這年輕宮女的時候，雙手發抖，大聲喊道：「你會給我帶來多麼可怕的危險！你替我馬上走開！」

公主蘇克拉坐在窗邊，正就着夕陽的光輝讀她的傳奇故事。

看見宮女捧着供品站在門口，她嚇得跳了起來。

她的書從膝上掉了下來，她湊在稀麗瑪蒂的耳朵上低聲說道：「大膽的丫頭，別趕去送死！」

稀麗瑪蒂挨門挨戶地走過去。

她昂首喊道：「王室的婦女們，趕快呀！

我們禮拜釋迦的時候到了！」

有人當着她的面關上房門，有人痛罵她。

白晝的最後一道餘暉，從王宮塔樓的紫銅圓頂上消失了。

深沉的陰影棲息在街道角落裏：城市的喧囂沉寂了，濕婆神廟裏的鐘聲，宣告晚禱的時刻來臨了。

秋天黃昏的幽暗，深沉如平靜的湖，繁星在其間閃爍悸動，這時候，御花園的衛兵，透過樹木，驚訝地看見佛龕前亮起一行燈光。

衛兵拔劍出鞘，一面飛跑一面叫喊：「你是誰，愚蠢的東西，你不怕死嗎？」

「我是稀麗瑪蒂，」她柔聲答道，「釋迦的僕人。」

緊接着，她心頭的熱血，濺紅了冰冷的大理石。

於是，在繁星的岑寂無聲裏，佛龕前最後一盞禮拜的燈，熄滅了。

五三

我的眼睛和四肢曾抱吻這個世界，我曾密密層層地把它包起來藏在我的心裏；我曾以我的思想激盪它的日日夜夜，直至這個世界和我的生命合為一體，——而我愛我的生命，是因為我愛那與我交織在一起的天空的光明。

如果離開這個世界如同愛這個世界一樣真實——那麼，人生的離合聚散一定大有意義。

如果愛受到死亡的欺騙，那麼，這種欺騙的頑症就會腐蝕萬物，繁星亦將萎縮而趨於黯淡無光。

五四

雲對我說：「我消失了；」夜說：「我投進了火紅的曙光。」

痛苦說：「我保持深沉的緘默，一如足印。」

「我在圓滿中死去，」我的生命對我説。

大地對我説：「我的光明時時刻刻都在親吻你的思想。」

「歲月流逝，」愛情説，「然而我一直等着你。」

死亡説：「我駕着你的生命之船渡過海去。」

五五

詩人杜爾西達斯在恆河之濱寂寞的火葬場上沉思躑躅。

他看到一個婦人坐在她亡故的丈夫的腳旁，衣飾華麗，彷彿要去參加婚禮。

她看見他時，便站起來施禮，説道：「大師，請允許我帶着你的祝福跟隨先夫進入天堂。」

「為甚麼這樣急急忙忙呢，我的女兒？」杜爾西達斯問道，「這人間豈不也是屬於創造天堂的上帝的嗎？」

「我不想望天堂，」婦人説道，「我要我的丈夫。」

杜爾西達斯微笑着對她説：「回到你家裏去吧，我的孩子。不出這個月，你就會找到你的丈夫的。」

婦人懷着快樂的希望回家去了。杜爾西達斯每天去看她，教給她崇高的思想，讓她思索體會，直到她心裏充滿了神聖的愛。

一月未盡，她的鄰居來看望她，問道：「婦人，你可找到了你的丈夫？」

寡婦微笑答道：「我找到了。」

鄰居們忙問：「他在哪兒？」

「我的丈夫在我心裏，同我成為一體。」婦人說。

六二

「太陽啊，除了天空，還有甚麼能擁抱你的形象？

「我夢見你，可我不能指望為你効勞，」露珠嗚嗚咽咽地說道，「偉大的主啊，我那麼渺小，無從擁抱你，我的生命全是淚珠。」

「我照亮無垠的天空，然而我也能傾心於一粒小小的露珠，」太陽這樣說道，「我要化作一縷閃爍的光芒去充實你，而你小小的生命便會成為一個歡笑的星球。」

六三

我不要漫無節制的愛，它不過像冒着泡沫的酒，轉瞬之間就會從杯中溢出，徒然流失。

請賜我以這樣的愛，它清涼純淨，像你的雨，造福乾渴的大地，注滿家用的陶罐。

請賜我以這樣的愛，它滲透到生命的核心深處，由此蔓延開來，彷彿看不見的樹液，流遍生命之樹的丫枝，使它開花結果。

請賜我以這樣的愛，它使我的心因充滿和平而常保安寧。

六四

太陽沉落在河流西岸枝條虬結的森林裏了。

隱修的孩子們放牧歸來，圍坐在篝火邊靜聽高塔馬大師講經；這時來了一個陌生的孩子，向大師獻上水果和鮮花，一躬到地，直到他的足下，他用小鳥啁啾般的聲音說道：「大師啊，我上您這兒來，求您帶領我走上那至高無上的真理之路。

「我的名字叫薩蒂雅卡馬。」

「願神賜福於你，」大師說。

「我的孩子，你屬於哪個家族？只有婆羅門才配追求至高無上的智慧。」

「大師，」孩子答道，「我不知道我屬於甚麼家族。我要回家問我的母親。」

薩蒂雅卡馬說罷便告辭大師，蹚過淺淺溪流，回到他母親的茅屋前。茅屋坐落在荒涼沙灘的盡頭，沉沉入睡的村子邊上。

房間裏燈火昏暗，母親站在門口黑暗中等待兒子歸來。

她把兒子摟在懷裏，吻他的頭髮，問他去見大師的結果。

「親愛的媽媽，我的爸爸叫甚麼名字？」孩子問道。

「高塔馬大師對我說，只有婆羅門才配追求至高無上的智慧。」

婦人垂下眼睛，低聲説道。

「我年輕的時候很窮，侍候過許多老爺。我的寶貝，你確實來到你的媽媽賈寶萊的懷抱裏，可我沒有丈夫。」

朝暉在淨修林的樹梢上熠熠生光。

弟子們坐在古老的樹木下，面對着大師；他們剛沐過晨浴，蓬亂的頭髮還是潮濕的。

薩蒂雅卡馬來了。

他一躬到地，直到聖人的足下；然後，他默默佇立。

「告訴我，」偉大導師問他，「你屬於哪個家族？」

「我的大師，」孩子答道，「我不知道。我問我媽媽時，她說：『我年輕的時候侍候過許多老爺，你確實來到你的媽媽賈寶萊的懷抱裏，可我沒有丈夫。』」

人群裏響起一陣竊竊私語，彷彿蜂房受到騷擾時蜜蜂發出的嗡嗡憤怒聲；弟子們對這賤民無恥的傲慢嘖有煩言。

高塔馬大師從座位上站起身來，伸出雙手把孩子攬在懷裏，説道：「我的孩子，你是婆羅門中最高貴的。你繼承了忠誠老實這一最崇高的傳統。」

六九

你藏在我的心兒中央，因此，我的心兒在外浪遊的時候，她從來沒有找到你；你自始至終躲開了我的愛情和希望，因為你始終在愛情和希望裏。

你是我青春的遊戲裏在內心藏得最深的歡樂，我過份孜孜於遊戲，倒反而放過了歡樂。

在我生命喜極欲狂的時刻，你向我唱歌，而我卻忘了向你唱歌。

七〇

你把燈舉在空中，燈光照在我的臉上，陰影落在你的身上。

我把愛情之燈擎在我的心裏，燈光照在你的身上，我卻被拋在後面陰影裏站着。

七三

春天攜帶着綠葉和繁花進入我的軀體。

整個早晨蜜蜂始終在那兒嗡嗡低鳴，而輕風悠閒地和樹影遊戲。

一股甘美的泉水從我心中之心裏噴湧而出。

我的雙眼受到喜悅的沖洗，猶如沐浴在露水裏的清晨，我的生命在我的四肢裏顫動，猶如琵琶鳴奏的琴弦。

我的無窮歲月的情人啊，你正在我生命的岸邊獨自躑躅？岸邊正在漲潮啊。

我的夢是否像兩翼色彩絢爛的飛蛾，正繞着你飛行？

那些在我生命的黑暗洞穴裏回響着的，可是你的歌聲？

除了你，還有誰能聽見今天我血管裏繁忙時刻的嗡嗡聲，我胸臆裏歡樂的舞步聲，我身體裏永不靜止的生命的轟然鼓翼的聲音？

八六

感恩

走在傲慢道路上的人們，把微賤的生命踐踏在他們的腳下，他們沾着鮮血的腳印踏遍了大地的嫩翠新綠。

讓他們高興吧；感謝你，主啊，因為勝利是屬於他們的。

然而，我是滿懷感激之情的，因為我與卑賤者共命運，他們吃苦受難，負荷權勢的壓榨，在黑暗中掩面飲泣。

他們的每一陣劇痛，都在你黑夜的隱秘深處震顫，他們每次受到的侮辱，都匯入你偉大的沉默。

而明天是屬於他們的。

啊，太陽，從流血的顆顆紅心上升起來吧，流血的心正開放出黎明的花朵，而傲慢的狂歡火炬已化為灰燼。

吉檀迦利

序

幾天以前，我同一位著名的孟加拉醫學博士說：「我不懂德語，然而，如果有個德國詩人的英語譯本感動了我，我會到不列顛博物館去，找些用英語寫的、講述這個詩人生平事跡以及思想發展的書。儘管羅賓德拉納特·泰戈爾的這些詩歌的散文譯本使我心潮起伏，多年來還沒有甚麼作品這樣打動過我，然而，若不是印度的旅行者告訴我，我對於泰戈爾的生平，以及使這種作品可能產生的思想運動，就甚麼也不知道了。」在孟加拉醫學博士看來，我之受到感動，原是理所當然的事，因為他說道：「我天天都讀羅賓德拉納特，讀一行他的詩就可以忘卻人世間的一切煩惱。」我說：「一個生在理查二世王朝、住在倫敦的英國人，如果他見得到彼得拉克或但丁的英語譯本，卻找不到解答他的問題的書籍，他倒可以詢問佛羅倫薩的銀行家或倫巴第的商人，就像我問你一樣。就我所知，泰戈爾的詩歌是那麼豐富多彩而又那麼單純，新的文藝復興已在你們的國家裏誕生，可惜今後除了道聽途說，我卻無從了解了。」他答道：「我們還有其他詩人，然而無人可以和他並駕齊驅；我們把這稱之為羅賓德拉納特時代。在我看來，你們沒有一個詩人在歐洲像泰戈爾在印度那樣著名。他在音樂方面和在詩歌方面同樣了不起；他創作的歌，從印度的西部一直流傳到緬甸講孟加拉語的任何地方。他十九歲寫下他的第一部長篇小說，那時就已經出名了；稍微長大一點兒時寫的戲劇，現在依舊在加爾各答上演。我十分欽佩他一生十全十美；他年紀很輕時寫了許多描繪自然景物的作品，他會整天坐在花園裏；從二十五歲左右到三十五歲光景，他心中懷着極大的哀傷，寫下了我們的語言中最美麗的愛情詩。」孟加拉醫學博士接着又深情地說道：「我十七歲時對泰戈爾愛情詩的感謝之情，實非言語所能表達。此後他的藝術愈來愈深刻，變得富有宗教和哲學意味了；人類的一切嚮往憧憬，都是他歌詠的題材。他是我們的聖人中間第一個不厭棄生存的，他倒是從人生本身出發來說話的，那就是我們所以敬愛他的緣故。」我也許對他那字斟句酌的話記憶得不太確切，但我並沒有改變他的原意。

「一會兒以前，泰戈爾在我們的一個教堂裏誦經禮拜——我們用你們英語中的『教堂』兩字稱呼我們梵天的廟宇——這是加爾各答最大的廟宇，不僅廟裏擠滿了人，人甚至站到了窗台上，而且街道都因為人山人海而幾乎水洩不通了。」

別的印度人來看我，他們對泰戈爾這人的尊敬，在我們的世界裏聽起來，真是奇哉怪也；我們這兒，把偉大和渺小的事物，都隱藏在同一塊面紗之下，都隱藏在明顯的玩笑和半認真的貶損的背後。我們在建築大教堂的時候，對於我們的偉大人物，我們可懷着同樣的尊敬？「每天早晨三點鐘——我知道，因為我親眼目睹過」——有個印度人對我說，「泰戈爾一動不動地靜坐默想，就神性沉思了兩個鐘頭之久，方始醒了過來。他的父親摩訶．里希[1]，有時候竟靜坐上整整一天；有一次，航行在一條河上，他因為景色美麗而陷入了沉思默想，划船的人等候了八個鐘頭才得以繼續航行。」接着，他便給我講泰戈爾先生的家族，講怎樣一代又一代的出了偉人。他說：「現在就有哥貢能德拉納和阿巴寧德拉納，他們都是藝術家；而德威津德拉納是羅賓德拉納特的哥哥，他可是個大哲學家。松鼠從樹枝上下來，爬到他的膝上，而小鳥棲息在他的手裏。」我注意到這些印度人的思想裏自有一種對肉眼看得見的美和意義的感受力，彷彿他們都信奉尼采的學說，即，我們千萬別相信道德美或理智美，這兩者是遲早都不會在有形可見的事物上銘刻下印記的。我說：「在東方，你們懂得怎樣使一個家族保持聲譽。前些日子，一個博物館館長指給我看一個正在整理中文版本書的黑皮膚小個兒，說道：『那一位是米卡杜家世代相傳的鑒賞家，他是他們家族中擔任這個職位的第十四代了。』」他回答道：「羅賓德拉納特是個孩子的時候，他家裏上下左右都是文學和音樂。」我想起了泰戈爾的詩歌既豐富多彩又極為單純，説道：「在你們的國家裏，可有大量的宣傳文字，大量的批評？我們不得不大搞而特搞，特別是在我自己的國家裏，結果是我們的頭腦逐漸逐漸缺乏創造性了，然而我們無可奈何。如果我們的生活不是一個不斷的戰爭狀態，我們就不會有藝術趣味，我們就不知道甚麼是好的，我們就找不到聽眾或讀者。我們五分之四的精力，都花在同不良趣味的爭論上了，不論是同我們自己腦子裏的還是同別人腦子裏的不良趣味爭論。」「我理解的，」他答道，「我們也有我們的宣傳文字。人們在鄉村裏朗誦神話長詩，那是根據中世紀的梵文改編的，他們往往在中間穿插些段落，教訓世人必須盡到他們的責任。」

這些詩歌的譯稿，我帶在身邊好幾天，我在火車裏讀它，在公共汽車上或餐館裏讀它，我時常不得不把原稿合上，免得陌生人看到我是多麼被它所感動。這些抒情詩——據我的印度朋友告訴我，孟加拉文的原作充滿了微妙的韻律、不可翻譯的輕柔的色彩以及創新的格律——以其思想展示了一個我生平夢想已久的世界。一個高度文化的藝術作品，然而又顯得極像是普通土壤中生長出來的植物，彷彿青草或燈心草一般。一個詩和宗教同為一體的傳統，一個世紀又一個世紀地傳下來，從有學問和沒有學問的人們那兒採集了比喻和情緒，把學者和貴人的思想，重新帶給群眾。如果孟加拉文化毫不間斷地保存下來，如果那普通的心靈——像人們揣度的那樣——流貫眾生，而不是像我們這樣分裂成十多個彼此毫無了解的心靈，那麼，泰戈爾的這些詩歌中的哪怕是最微妙之處，幾代以後，也會流傳到道旁乞丐那兒。當英國只有一個心靈的時候，喬叟寫下了《特羅勒斯和克麗西達》，雖然他是寫出來給人閱讀或朗讀的——因為我們的時代迅速到來——遊唱詩人歌唱他的詩篇為期甚短。羅賓德拉納特·泰戈爾，像喬叟的先驅者們一樣，也為他的詩篇作曲配樂，人們時時刻刻都明白，泰戈爾是那麼豐富多彩，那麼自然流露，那麼熱情奔放，那麼出人意表，因為他是在作着他自己從不感到奇怪、不自然或需要辯護的事。這些詩篇不會裝訂成印刷精美的小書躺在貴夫人的桌子上；她們用慵倦的手翻着書頁，這樣就能對毫無意義的一生唏噓嘆息，其實，她們對人生所能了解的，不過如此而已。這些詩篇也不會被大學生帶來帶去，及至人生的工作開始，便把它們丟在一邊。然而，一代代過去，旅人們仍將在大路上吟詠這些詩篇，划船的人們仍將在河上吟詠這些詩篇。情人們在互相等待的時候，低吟這些詩篇，就會發覺這種對神的愛是個魔法的海灣，他們自己的更為痛苦的熱情，可以在其中沐浴而重新煥發青春。這位詩人的心，時時刻刻向這些人湧去，毫無自貶身價、折節下交之意，因為他的心深知他們會懂得的，而且他們的生活境況也已經充滿了他的心。旅人穿着紅棕色衣服，以求蒙上塵土也不會顯眼；姑娘在她床上尋找着從她那皇家情人的花冠上落下的花瓣；僕人或新娘在空空如也的屋子裏等待着主人回家：凡此都是仰慕着神的那顆心的形象。花朵和河流，嗚嗚吹響的海螺，印度七月裏的滂沱大雨，或者是灼人的炎熱：凡此都是那顆心在結合或分離之際的情緒的形象。而一個泛舟河上彈奏詩琴的人，就像中國水墨畫裏那些充滿神秘意義的人物一般，就是上帝自身。我們感到無限新奇的一個完整的民族，一個完整的文化，似乎滲透了這份想像力；然而我們之受感動，並非由於它的新奇，倒是因為我們遇到了我們自己的形象，彷彿我們在羅塞蒂的柳林裏散步一般，或者，也許是第一次在文學作品裏聽到了我們自己的聲音，彷彿在夢裏一般。

自從文藝復興以來，歐洲聖人們的著作——儘管熟悉他們的比喻和一般思想結構——對我們已經沒有吸引力了。我們知道我們最後必須捨棄塵世，而我們又習慣於在厭倦或昂揚的瞬間考慮自願捨棄塵世；然而，我們讀了那麼多的詩歌，看了那麼多的繪畫，聽了那麼多的音樂，在文學藝術裏，肉的呼聲與靈的呼聲似乎是合二而一的，我們怎麼能粗暴無禮地捨棄塵世呢？聖伯納德[2]掩上他的眼睛，以免見到瑞士湖光水色之美，我們和他有甚麼共同點呢？或者，我們和《啓示錄》激烈的措辭又有甚麼共同之處呢？如果我們肯找的話，我們倒可以，例如在這本書裏，找到彬彬有禮的話：「我已經請了假。我的兄弟們，同我説聲再見吧！我向你們大家鞠了躬就啓程了。／我把我門上的鑰匙交還——我放棄對房子的一切權利。我只是向你們要求幾句最後的好話。／我們做過很久的鄰居，但是我接受的多，能給予的少。如今天已破曉，照亮我黑暗角落的燈已經熄滅。召喚的命令已來，我準備啓程了。」（《吉檀迦利》第九三首）在離阿．肯比思[3]或手執十字架的約翰[4]最遠之時，正是我們自己的心情在呼喊：「因為我熱愛此生，我知道我將同樣熱愛死亡。」（《吉檀迦利》第九五首）然而，這書不僅是在我們告別塵世的思想中探測一切。我們不曾知道我們是熱愛上帝的，而相信上帝，在我們又幾乎是不可能的；然而，回顧我們的生活，在我們對林中道路的探索裏，在我們對山嶺之上寂寥之地的欣賞裏，在我們對我們熱愛的婦女徒然提出神秘的要求裏，我們就發現了一種情緒，是它創造了這種隱秘的溫馨柔情。「我的國王，你就像一個素昧平生的普通人，自動地進入我的心裏，你在我一生不少飛逝的流光裏，蓋上了永生的印章。」（《吉檀迦利》第四三首）這就不再是修道庵舍和鞭撻懲戒的神聖之感，倒是有所昇華，彷彿進入了那描繪着塵土和陽光的畫家的更為深沉的心境，而為了類似的聲音，我們也走向聖法蘭西斯和威廉．勃萊克——他們同我們強暴的歷史看來是格格不入的。

由於信仰某些一般化的圖式，我們寫些冗長的巨著，其中也許沒有一頁具有任何特色可使寫作成為一種樂趣，就像我們搏鬥、賺錢以及把政治灌滿頭腦一樣，做的全是沉悶的事情；而泰戈爾先生，像印度文化本身一樣，一向滿足於發現靈魂，屈服於靈魂的自然。他似乎時常把他的生活，同那些更傾向於追求西方生活方式的、在世界上似乎更加重要的人物的生活，互相比較對照，而且總是十分謙遜，好像他只不過確信他的生活道路對他是最好的罷了。「回家的人們，帶着微笑瞧我，使我滿心羞慚。我像個女丐一樣坐着，拉起一角裙子遮住我的臉，他們問我可要甚麼的時候，我垂首低眉不語。」（《吉檀迦利》第四一首）別的時候，泰戈爾想起了從前他的生活曾經是截然不同的另一種模樣，他就寫道：「我把許多時辰都花費在善與惡的鬥爭上了，但如今我閒暇之日的遊伴，卻有興致把我的心引到他的身邊，我不知道何以突然召喚我走向這無謂的、無足輕重的結局！」（《吉檀迦利》第八九首）文學裏其他地方找不到的一種天真，一種單純，使小鳥和綠葉顯得跟泰戈爾很親近，就像小鳥和綠葉同兒童很親近一樣，使季節的變換對泰戈爾顯得是重大事件，就像我們的思想還沒有冒出來把季節和我們隔斷以前那樣。有時候，我猜想這種天真、單純的特色，是否脫胎於孟加拉文學或宗教；有時候，我又想起鳥兒棲息在他哥哥的手裏，我倒樂於認為這是代代相傳的稟賦，像特立斯丹或皮藍諾蘭的彬彬有禮一樣，是幾百年中成長起來的奧秘。真的，當他說起兒童的時候，他自己的好大一部份似乎就具備這種特色，我們真參不透他究竟是否也在說起聖人哩。「他們用沙子建造房屋，他們用空貝殼遊戲，他們用枯葉編成小船，微笑着把小船漂浮在茫茫大海上。孩子們遊戲在大千世界的海濱。／他們不會游泳，他們不會撒網。採珠人潛水尋找珍珠，商人揚帆航行，而孩子們撿來了卵石，又重新把卵石撒掉了。他們不尋求隱藏的財寶，他們不知道如何撒網。」（《吉檀迦利》第六〇首）

W・B・葉芝

一九一二年九月

註釋：

[1] 摩訶·里希：對吠陀和奧義書很有研究，是哲學家和宗教改革者。

[2] 聖伯納德（九二三—一零零八）：意大利人，羅馬天主教神父。

[3] 阿·肯比思（一三七九—一四七一）：德國修道士，著名的祈禱著作《仿效耶穌基督》（一四二七）的作者，該書提倡從世俗的趣味中解放出來，過一種帶神秘色彩的、獻身於救世主的生活。

[4] 約翰（一五四二—一五九一）：西班牙神秘主義者，一五六七年被委任為牧師。

一

你已經使我臻於無窮無盡的境界，你樂於如此。這薄而脆的酒杯，你再三地飲盡，總是重新斟滿新的生命。

你翻過山嶺、越過溪谷帶來這小小蘆笛，用它吹出永遠新鮮的曲調。

在你雙手不朽的按撫下，我小小的心裏樂無止境，發出的樂聲亦非筆墨所能形容。

你無窮的賜予只送到我這雙小之又小的手裏，許多時代消逝了，你的賜予依舊在傾注，而我的手裏還有餘地可以充滿。

二

你命令我歌唱的時候，我自豪，似乎心都快爆裂了；我凝望你的臉，淚水湧到我的眼睛裏。

我生活裏一切刺耳的與不悅耳的，都融成一片甜美的和諧音樂——而我的崇拜敬慕之情，像一頭快樂的鳥兒，展翅翱翔，飛越海洋。

我知道你喜歡聽我唱歌。我知道我只有作為歌手才能來到你的面前。

我用我歌兒的龐大翅膀的邊緣，輕拂着你的雙腳——那可是我從不奢望企及的。

我陶醉於歌唱的歡樂，忘乎所以，你明明是我的主，我卻稱你為朋友。

四

我生命的生命啊，知道你生氣勃勃的愛撫撫在我的四肢上，我一定努力使我的軀體永遠保持純潔。

知道你就是點亮了我心靈裏的理智之燈的真理，我一定努力把一切虛偽從我的思想裏永遠排除出去。

知道你在我內心的聖殿裏安置了你的座位，我一定努力把一切邪惡從我的心裏永遠驅逐出去，並且使我的愛情永遠開花。

知道是你的神威給我以行動的力量，我一定努力在我的行動中把你體現出來。

六

摘下這朵小花，拿走吧。別遷延時日了！我擔心花會凋謝、落入塵土裏。

也許這小花不配放進你的花環，但還是摘下它，以你的手的採摘之勞給它以光榮吧。我擔心在我不知不覺間白晝已盡，供獻的時辰已經過去了。

雖然這小花顏色不深，香氣也是淡淡的，還是及早採摘，用它來禮拜吧。

七

我的詩歌已卸去她的裝飾。她已無衣飾豪華的驕傲。裝飾品會損害我們的結合；裝飾品會阻隔在你與我之間；環佩叮噹的聲音會淹沒你的柔聲細語。

我詩人的虛榮，在你面前羞慚地化為烏有。詩歌的宗師啊，我已經坐在你的足下。但願我的生活單純正直，像一枝蘆笛，供你奏樂。

八

給孩子穿上王子的衣袍，頸子裏又掛上珠寶項鏈，他在遊戲中便失去了一切樂趣；他的衣飾步步都阻礙着他。

生怕衣飾被磨損或被塵土玷污，他總是迴避這個世界，甚至連動一動也憂心忡忡。

母親啊，華服盛裝的約束，如果它使人和大地健康的塵土隔絕，如果它剝奪人進入人類日常生活盛大廟會的權利，那就不是得而是失了。

一〇

這是你的足櫈；最貧賤最潦倒的人們生活的地方，便是你歇足之處。

你歇足在最貧賤、最潦倒的人們中間，我竭力向你鞠躬致意，可我的敬意達不到個中深處。

你穿着寒酸的衣服，行走在最貧賤、最潦倒的人們中間，驕傲可永遠到不了這個地方。

你同最貧賤、最潦倒的人們之中那些沒有同伴的人作伴，我的心可永遠找不到通向那兒的道路。

一一

別再誦經、唱經和數珠吧！在這重門緊閉的廟宇的幽暗寂寞的角落裏，你在禮拜誰呢？睜開眼睛瞧瞧，你的神可不在你的面前！

神在農民翻耕堅硬泥土的地方，在築路工人敲碎石子的地方。炎陽下，陣雨裏，神都和他們同在，神的袍子上蒙着塵土。脫下你的聖袍，甚至像神一樣到塵埃飛揚的泥土裏來吧！

解脫？哪兒找得到這種解脫？我們的主親自歡歡喜喜地承擔了創造世界的責任，他就得永遠和我們大家在一起。

丟掉你的鮮花和焚香，從你的靜坐沉思裏走出來吧。如果你的衣衫襤褸而骯髒，那又何妨呢？在辛勤勞動中流着額上的汗，去迎接神，同神站在一起吧。

一二

我跋涉的時間是漫長的，跋涉的道路也是漫長的。

我出門坐上第一道晨光的車子，奔馳於大千世界的茫茫曠野裏，在許多恆星和行星上留下了我的蹤跡。

到達離你自己最近的地方，路途最為遙遠；達到音調單純樸素的極境，經過的訓練最為複雜艱巨。

旅人叩過了每一個陌生人的門，才來到他自己的家門口；人要踏遍外邊兒的大千世界，臨了才到達藏得最深的聖殿。

我的眼睛找遍了四面八方，我才合上眼睛，說道：「原來你在這兒！」

這問題和這呼喊，「啊，在哪兒呢？」溶成了千條淚水的川流，然後才和「我在這兒！」這保證的洪流，一同氾濫於全世界。

一三

我想唱的歌，直到今天依舊沒有唱出來。

我把日子都花在調弄樂器的弦索上了。

節奏還不合拍，歌詞還沒配妥；我心裏只有渴望的痛苦。

鮮花還沒有開放，只有風在旁邊唏噓而過。

我不曾見到他的臉，也不曾聽到他說話的聲音；我只聽見他輕輕的腳步聲，在我房子前面的大路上走過。

漫長的一天都消磨在為他在地上鋪設座位了，而燈卻還沒有點亮，我還不能請他進屋來。

我生活在同他相見的希望裏；然而這相見的時機尚未到來。

一八

雲霾重重堆積，天色暗下來了。啊，愛人，你為甚麼讓我孤零零地在門外等候？

在中午工作忙碌的時刻裏，我和大夥兒在一起，但在這暗淡寂寞的日子裏，我希望的只是和你待在一起。

如果你不讓我看到你的容顏，如果你完全把我拋開，我就不知道怎樣度過這些漫長的、下雨的時辰。

我始終凝望着天空遙遠的陰霾，我的心和不安寧的風一同流浪哀號。

一九

如果你不說話，我就忍耐着，以你的沉默充實我的心。我一定保持沉靜，像黑夜，在繁星閃爍下通宵無眠地等待，耐心地俯首低身。

早晨一定會到來的，黑暗一定會消失的，而你的聲音一定會劃破長空，在金色河流中傾瀉而下。

這時你說的話，都會在我的每一個巢裏變成歌曲，振翅飛翔，而你的音樂，也會在我的一切叢林中盛放繁花。

二〇

蓮花盛開的那一天，唉，我心不在焉，而我自己卻不知不覺。我的花籃裏空空如也，而我對鮮花可依舊視而不見。

不時有一股哀愁襲來，我從夢中驚起，覺得南風裏有一縷奇香的芳蹤。

這朦朧的溫柔之情，使我的心因思慕而疼痛，我覺得這好比夏天熱烈的氣息在尋求其圓滿的境界。

那時我不知道，這完美的溫柔之情，竟是那麼近，竟是我自己的，而且已經在我自己的內心深處開花了。

二一

我必須把船開出去了。可惜啊，我意興闌珊的光陰在岸邊虛度了！

春天開過花就告辭了。而今背負着落花狼藉的包袱，我卻等待而又流連。

濤聲喧嘩，岸上樹蔭小巷裏黃葉飄零。

你凝望的是何等空虛，你可感覺到，隨着從彼岸飄揚過來的歌聲，自有一種驚喜之情流貫天空？

二三

是你在這暴風雨之夜，在你那愛的旅途上跋涉，我的朋友？天空，像個失望的人在呻吟哀號。

我今夜無眠。我再三打開大門，向門外黑暗中張望，我的朋友。

我眼前甚麼也看不見，我不知道你走的道路在哪兒。

是你從那墨黑河流的昏暗岸邊，經過颦眉蹙額的森林邊緣，穿過幽暗深處的迷津，迂迴曲折地來到我的身邊，我的朋友？

二六

他來坐在我的身邊，我卻濃睡未醒。好一個可咒詛的睡眠，唉，不幸的我！

他來的時候，夜是靜悄悄的；他手裏拿着豎琴，我做的夢同他奏的樂共振共鳴。唉，為甚麼我的良宵全都這樣虛度了？啊，他的氣息觸及了我的睡眠，為甚麼我總是見不到他呢？

二九

我用我的「名」把他圈禁起來，而他在這監獄裏哭泣。我總是忙於在周圍築牆，牆垣一天天高入雲霄，我就看不見在黑沉沉陰影裏的真我了。

我以這偉大的城垣自豪，我用土和沙抹牆，深怕我這「名」之牆上還有一星半點的漏洞；儘管我煞費苦心，我可看不見真我了。

三〇

我獨自上路，去赴我的約會。可這在寂靜的黑暗中跟着我的是誰呢？

我靠邊走，躲開他，然而我擺脱不了他。

他昂首闊步，揚起地上的塵埃；我每説一句話，他都添上他的大叫大嚷。

他是我自己的小我，我的主啊，他不識羞恥；然而我卻羞於和他一同來到你的門口。

三五

在那兒，心靈是無畏的，頭是昂得高高的；
在那兒，知識是自由自在的；
在那兒，世界不曾被狹小家宅的牆垣分割成一塊塊的；
在那兒，語言文字來自真理深處；
在那兒，不倦的努力把胳膊伸向完美；
在那兒，理智的清流不曾迷失在積習的荒涼沙漠裏；
在那兒，心靈受你指引，走向日益開闊的思想和行動——
我的父啊，讓我的國家覺醒，進入那自由的天堂吧！

三七

我以為我的旅程已經終結，我的力量已經涸竭，我的前途已經斷絕，我的糧食已經耗盡——我託庇於寂靜、混沌的大限，已經到來了。

然而我發現，你的意志在我身上不知有終點。舊的言語剛在舌尖上消失，新的樂曲又從心上迸發而出；舊的車轍消失了，新的田野又顯示出奇觀來了。

四一

我的情人，你，站在他們的背後，藏身在陰影裏，你究竟在何處呢？在塵土飛揚的道路上，他們推開你，走了過去，把你等閒視之。我在這兒擺上我的禮物，長時間地等候你，等得人都倦了；而過路的人來了，一朵又一朵地取走我的花兒，我的花籃幾乎是空空的了。

早晨過去了，中午也過去了。在黃昏的朦朧裏，我的眼睛困倦欲睡。回家的人們，帶着微笑瞧我，使我滿心羞慚。我像個女丐一樣坐着，拉起一角裙子遮住我的臉，他們問我可要甚麼的時候，我垂首低眉不語。

啊，真的，我怎麼能告訴他們：我是在等候你，而且你已經答允我要來的呢？我又怎麼能慚愧地說，我留着這份貧窮作為陪嫁呢？啊，我在內心的秘密深處擁抱着這種自豪感。

我坐在草地上凝望天空，夢想着你降臨時突如其來的豪華壯觀——萬道光芒熠熠生輝，金色的旗幟在你車輦上飄揚，而他們站在道旁張大着嘴巴，眼看着你從車輦的座位上走將下來，把我從塵埃中扶了起來，把我這衣衫襤褸的女丐安置在你的身旁，而我又羞慚又自豪，渾身顫抖，像是夏天習習涼風裏的一枝藤蔓。

然而，時間流逝，依舊聽不見你的車輦的輪聲。許多儀仗隊，喧嘩、顯赫地走過去了。只有你寧可站在他們大家的背後、悄悄地藏身在陰影裏？只有我寧可等待，哭泣，在徒然的朝思暮想中磨碎我的心？

四二

清晨密語，說是我們，（只有你和我，）要駕一葉扁舟而去，世界上沒有一個人會知道我們這沒有目的地也沒有窮盡的遨遊。

在無涯無際的海洋上，在你微笑靜聽之際，我將放聲歌唱，音韻抑揚低昂，擺脫字句的束縛，自由如波浪翻騰。

時辰還沒有到嗎？還有工作要做嗎？瞧啊，黃昏已經籠罩海岸，蒼茫暮色裏海鳥正在歸巢。

誰知道甚麼時候將解開鏈索，這一葉扁舟會像落日的餘光，消失在黑夜之中呢？

四三

那天我沒有準備迎接你；我的國王，你就像一個素昧平生的普通人，自動地進入我的心裏，你在我一生不少飛逝的流光裏，蓋上了永生的印章。

今天我偶然照亮了飛逝的流光，看到了你的印章，我發現它們同我遺忘了的、無足輕重的往日的有苦有樂的回憶混雜在一起，散亂地撒在塵土裏。

你對我在塵土裏的童稚遊戲並不鄙夷地掉頭不顧，我在遊戲室裏聽到的足音，便是在繁星之間回響着的足音。

四七

夜闌了，白白地等候他了。我深怕他在清晨突然來到門口，而我卻疲倦得睡熟了。啊，朋友們，別擋駕，讓他通行無阻吧。

如果他的腳步聲沒有把我驚醒，請不要設法把我叫醒。我不願意眾鳥嘈雜的合唱、晨光慶典上的大風狂嘯，把我從酣睡中吵醒。讓我毫無打擾地安睡吧，哪怕是我的主突然來到我的門口。

啊，我的睡眠，我的寶貴的睡眠，只等着在他的撫摸下消失。啊，我的緊閉的眼睛，只等着在他的微笑下睜開眼皮，這時候他站在我的眼前，就像一個夢從黑暗的睡眠裏浮現出來似的。

讓他作為一切光芒中的第一道光芒，一切形態裏的第一個形態，呈現在我的眼前。讓我覺醒的靈魂的第一陣驚喜之情，來自他的目光。讓我的返歸自我，成為直接對他的皈依。

五一

夜色黑沉沉的。我們白天的工作已經做完。我們認為今夜最後一個投宿的客人已經來到，村子裏家家都已門關戶閉。只有幾個人説是國王要來的。我們笑笑説：「不，這是不可能的！」

彷彿有叩門的聲音，而我們説這不過是風。我們滅了燈，躺下來睡覺。只有幾個人説：「這是使者！」我們笑笑，説，「不，這必定是風！」

夜深人靜時又傳來一個聲音。我們在朦朧中以為這是遙遠的雷聲。地動牆搖，擾亂了我們的睡眠。只有幾個人説這是車輪的聲音。我們睡意正濃地喃喃説道：「不，這必定是雲霓雷鳴！」

響起鼓聲時夜還是黑沉沉的，傳來了呼喊：「醒來吧，別耽誤了！」我們雙手按住心頭，害怕得發抖。有幾個人説：「瞧呀，國王的旗幟！」我們站起身來，喊道：「沒有時間再耽擱了！」

國王來了，——可是燈在哪兒呢？花環在哪兒呢？供國王坐的寶座又在哪兒呢？啊，丟臉！啊，把臉丟盡了！大廳在哪兒，陳設又在哪兒呢？有人説話了：「叫喊也無用了！空手迎接國王，迎他到你一無所有的房間裏去吧！」

打開大門，吹響海螺吧！我們黑暗淒涼之屋的國王，在深夜裏降臨了。雷霆在空中怒吼。黑暗隨着閃電顫抖。把你破破爛爛的席子拿出來，鋪在院子裏吧。我們的恐怖之夜的國王，突然之間與暴風雨一同來臨了。

五二

我想我應該向你要那掛在你頸子上的玫瑰花環，可是我不敢。於是我就等到早晨，在你離開的時候，從你床上去找花環的零星殘餘。我在黎明時分像個乞丐似的東找西尋，就為了那散落的一二片花瓣。

啊！我找到了甚麼呢？你的愛情留下了甚麼信物呢？那可不是花朵，不是香料，不是一瓶香水。竟是你的一把利劍，閃閃發光如火焰，沉重如雷霆萬鈞。年輕的晨光從窗子裏瀉進來，鋪在你的床上。晨鳥啁啾發問：「女人，你得到了甚麼呢？」不，那可不是花朵，不是香料，不是一瓶香水——卻是你那可怕的利劍。

我坐在那兒，心裏納罕，你這是甚麼信物啊？我找不到地方把它收藏起來。我這樣柔弱，我不好意思佩帶利劍，我把它緊抱在懷裏時，它又要傷害我。然而，你給了我這信物，這痛苦的負擔，我就一定要把這光榮銘記在心。

從今以後，我在這世界上將無所畏懼，而你亦將在我的一切鬥爭中獲得勝利。你留下死亡和我做伴，我將以我的生命為他加冕。我帶着你的劍斬斷我的鐐銬，我在這世界上將無所畏懼。

從今以後，我拋棄一切微不足道的裝飾。我心靈的主啊，我不再在角落裏等待和哭泣，也不再溫柔、羞怯。你已經把你的劍給我佩帶。我就不要玩偶的裝飾品了。

五四

我不向你要求甚麼；我不向你的耳朵說出我的名字。你離去時我默默地站着。我獨自留在井邊，樹影橫斜，婦人們頂着盛滿水的褐色陶罐回家去了。她們呼喚我，大聲說道：「同我們一起走吧，早晨漸漸過去，都快近中午了。」但是我仍在闌珊地流連，落入了恍惚的遐想。

你來時我沒聽到你的足音。你那落在我身上的眼神是悲哀的；你低低說話的聲音是疲倦的。——「啊，我是個口渴的旅人，」我從我的白日夢中驚醒過來，把我罐裏的水倒在你掬着的手掌裏。樹葉在頭上簌簌的響，杜鵑在看不見的幽暗裏啼鳴，從大路彎曲處傳來巴勃拉花的芳香。

你問起我的名字的時候，我害羞得默默地站着。真的，我為你作了甚麼，竟使你念念不忘。但，我能給你飲水解渴，這點回憶將縈繞我的心頭，把我的心包裹在柔情蜜意裏。晚了，快近中午了，鳥兒唱着慵倦的歌，楝樹葉子在頭上簌簌的響，我坐在那兒想了又想，想了又想。

五五

倦怠籠罩着你的心，你的眼睛裏依舊睡意矇矓。

難道你沒有聽到消息，荊棘叢中花開爛漫？醒來，啊，醒來吧！別讓時光虛度！

在石徑的盡頭，在純潔寂寥的鄉村裏，我的朋友獨自坐着。別欺騙他。醒來，啊，醒來吧！

即使天空因正午的驕陽而喘息顫抖——即使灼熱的沙子攤開了它乾渴的地幔——

難道你的內心深處就沒有歡樂？難道你每走一步，大路的琴弦不會迸發出悅耳的痛苦之音嗎？

五六

事情就是如此，你的歡樂是這般充滿了我的身心。事情就是如此，你自天而降，來到我的身邊。諸天之主啊，如果我不是你的情人，你的情人會在哪兒呢？

你選中我和你共享這一切財富。你的喜悅不斷地在我心裏奏出音樂。你的意志經常在我的生活裏化成形體。

為了這個緣故，身為萬王之王的你，就打扮自己，來贏得我的心。為了這緣故，你的愛情就消融在你情人的愛情裏，你就以我倆合而為一的美滿形象顯現。

五七

光明，我的光明，充滿世界的光明，親吻眼睛的光明，甜沁內心的光明！

啊，我的寶貝，光明在我生命的中心跳舞；我的寶貝，光明在彈撥我愛情的弦索；天開了，風撒野，歡笑響徹大地。

蝴蝶在光明的大海上揚帆前進，百合花和素馨花在光波的浪峰上湧起。

我的寶貝，光明撒在每一朵雲彩上，化成了金子，光明還灑下珠寶無數。

我的寶貝，喜悦在樹葉間蔓延，其樂無窮。天河淹沒了它的堤岸，歡樂的洪水橫溢奔流。

五九

是的，我知道，我心愛的人兒，這只是你的愛情——這在葉子上跳舞的金光，這些在天空飄過的閒雲，這在我的額上留下涼意的、吹過的清風。

晨光湧進我的眼睛——這是你送給我心的信息，你的臉自天下俯，你的眼睛俯視我的眼睛，而我的心撫摸着你的雙足。

六〇

孩子們在大千世界的海濱集會。頭上無垠的天空是靜止的，而無休止的海水奔騰澎湃。集會在大千世界的海濱，孩子們歡呼跳躍。

他們用沙子建造房屋，他們用空貝殼遊戲，他們用枯葉編成小船，微笑着把小船漂浮在茫茫大海上。孩子們遊戲在大千世界的海濱。

他們不會游泳，他們不會撒網。採珠人潛水尋找珍珠，商人揚帆航行，而孩子們撿來了卵石，又重新把卵石撒掉了。他們不尋求隱藏的財寶，他們不知道如何撒網。

大海歡笑着湧起洪波。海灘上閃耀着蒼白的微笑。致人死命的海浪，對孩子們唱着毫無意義的歌謠，竟像母親搖晃嬰兒的搖籃一樣。大海和孩子們遊戲。海灘上閃耀着蒼白的微笑。

孩子們在大千世界的海濱集會。風暴在無路的天空裏激盪，船舶在無軌的水面上顛覆，死亡橫行，而孩子們在遊戲。在大千世界的海濱，孩子們正舉行盛大的集會。

六二

我送你彩色玩具的時候，我的孩子，我懂得了為甚麼雲裏水裏會變幻出色彩繽紛，為甚麼百花點染着姹紫嫣紅——就在我送你彩色玩具的時候，我的孩子。

我唱着歌使你跳舞的時候，我確實明白了為甚麼樹葉蕭蕭，響出音樂，為甚麼波浪澎湃，把合唱的歌聲送到靜靜諦聽的大地的心裏——就在我唱着歌使你跳舞的時候。

我把糖果送到你貪饞的雙手裏的時候，我知道了為甚麼花蕊裏有蜜，為甚麼水果裏藏着甜汁——就在我把糖果送到你貪饞的雙手裏的時候。

我吻你的臉使你微笑的時候，我的寶貝，我確實領悟了晨光裏從天空流下來的是甚麼喜悦，夏天的涼風給我的身體帶來的又是甚麼快感——就在我吻你的臉使你微笑的時候。

六三

你使我不認識的朋友們認識了我。你在他人的家裏給我安排了座位。你使疏遠的變成親近的，使陌生人成為兄弟。

我不得不離開我住慣的居所時，我的心裏不安；我忘記了這是舊人遷入新居，而且你也住在那兒。

通過生和死，在這個世界或那個世界，無論你帶我到哪兒，都是你，仍舊是你，我無窮生命中的唯一伴侶，永遠用歡樂的鏈條，把我的心和不熟悉的人聯繫在一起。

誰一旦認識了你，誰在世上就沒有陌生的人，就沒有關閉的門戶。啊，請允許我的祈求，讓我和眾人交遊之際，永遠不失去和你單獨接觸的福祉。

六五

從我那滿滿欲溢的生命之杯裏。我的上帝，你想飲怎樣的神聖之酒？

通過我的眼睛看你自己的創造，站在我的耳門口靜聽你自己的永恆的和諧樂聲，我的詩人，這就是你的樂趣？

你的世界在我的心靈裏織成文字，而你的歡樂又給文字配上音樂。你在戀愛時把你自己交給了我，然後又在我這兒感覺到你自己的全部溫馨柔情。

六七

你是蒼天，你也是巢。

啊，美麗的你，你的巢裏有你的愛，這愛以色彩、聲音和芳香擁抱靈魂。

清晨來了，她右手拎着金色花籃，帶着美的花冠，悄悄地給大地加冕。

黃昏來了，她越過牧人都已離去的寂靜牧場，穿過車馬絕跡的道路，帶着金色水壺來了，壺裏盛着西方安息之洋清涼的和平之水。

但是，在天空無限伸展以供靈魂翱翔的地方，到處是無瑕的純白光芒。那兒無晝無夜，無形無色，而且永遠、永遠無言無語。

六九

就是這日夜在我血管裏奔騰的生命之流，奔騰於世界之中，按着節奏手舞足蹈。

就是這同一的生命，歡樂地從大地上破土而出，蔚為芳草無數，發為綠葉繁花，搖曳如波浪起伏。

就是這同一的生命，隨着潮汐漲落，在生與死的海洋搖籃裏搖搖晃晃。

我覺得因為四肢受到這生命世界的愛撫而光榮。而歷代生命的搏動，此刻正在我的血液裏舞蹈，我引以自豪。

八〇

我像一片秋天的殘雲，徒然在空中飄蕩。啊，我的永遠輝煌的太陽。你的撫摩還沒有化掉我的水汽，使我與你的光芒合而為一；因此，我屈指計算着同你分離的歲月。

如果這是你的願望，如果這是你的遊戲，那就逮住我這飄忽的空虛，給它染上彩色，鍍上黃金，讓它在放肆任性的風裏飄浮，使它舒展成種種不同的奇觀。

再者，如果這是你的願望，要在夜間結束這場遊戲，那我就在黑暗之中或者在白色清晨的微笑裏，在透明純淨的涼意裏，溶化、消失。

八八

破廟裏的神明啊，七弦琴的斷弦，不再彈唱讚美你的歌。晚鐘也不為禮拜你而報時。你周圍的空氣是寂然無聲的。

駘蕩的春風吹進你淒涼的廟宇。春風帶來了鮮花的消息——可不再有人以鮮花給你上供了。

你往昔的禮拜者，徘徊又徘徊，老是渴望着仍被拒絕的恩典。黃昏來臨，燈火和陰影，同朦朧暗淡的塵埃混成一片時，他懷着內心的飢餓，疲倦地回到破廟裏來了。

破廟裏的神明啊，對於你，不少佳節是寂靜無聲地到來的。不少禮拜之夜，是燈火也不點亮地度過的。

技術高明的大師們造了許多新的神像，可時辰一到，就給拋棄在神聖的遺忘之河裏了。

只有破廟裏的神明，倒無人禮拜地長留在永恆的付諸等閒裏了。

八九

我不再吵吵嚷嚷地大聲談論了——這是我的主的意旨。從此我要悄聲細語。我心裏的話要用低低的歌聲傾訴。

人們趕到國王的市場上去。所有的買主和賣主都在那兒。然而，在工作正忙的中午，我就不合時宜地離開了。

儘管花期未到，還是讓花兒在我園子裏開放吧。讓中午的蜜蜂響起懶洋洋的嗡嗡之聲吧。

我把許多時辰都花費在善與惡的鬥爭上了，但如今我閒暇之日的遊伴，卻有興致把我的心引到他的身邊，我不知道何以突然召喚我走向這無謂的、無足輕重的結局！

九三

我已經請了假。我的兄弟們，同我說聲再見吧！我向你們大家鞠了躬就啓程了。

我把我門上的鑰匙交還——我放棄對房子的一切權利。我只是向你們要求幾句最後的好話。

我們做過很久的鄰居，但是我接受的多，能給予的少。如今天已破曉，照亮我黑暗角落的燈已經熄滅。召喚的命令已來，我準備啓程了。

九五

我跨過此生的門檻之際，當初是不知不覺的。

是甚麼力量使我在這茫茫無際的神秘中開放，猶如一朵蓓蕾，深更半夜在森林裏開花？

早晨我看到光明，我立刻感到我在這世界上不是個陌生人，那無名無形的不可思議者，已憑借我親生母親的形象，把我抱在懷裏。

就是這樣，在死亡之際，這同一個陌生人，將以我一向熟悉的面目出現。因為我熱愛此生，我知道我將同樣熱愛死亡。

母親讓嬰兒離開右乳的時候，嬰兒就啼哭，可他轉瞬之間又從左乳得到了安慰。

一〇一

我這一生永遠用詩歌來尋求你。詩歌帶領我從這個門走到那個門，我和詩歌一同在我周圍摸索，尋求着、接觸着我的世界。

我所學習的一切功課，都是詩歌教給我的；詩歌指點我秘密的途徑，詩歌把我心裏天邊上的不少星辰，帶到了我的眼前。

詩歌整天帶領我走進歡樂和痛苦的神秘境界，而最後，在我旅途終點的黃昏裏，詩歌又將帶我到甚麼宮門口呢？

天地外國經典文庫

①到燈塔去
〔英〕弗吉尼亞·伍爾夫 著　瞿世鏡 譯

②鼠疫
〔法〕阿爾貝·加繆 著　劉方 譯

③動物農場
〔英〕喬治·奧威爾 著　榮如德 譯

④人間失格（附《女生徒》）
〔日〕太宰治 著　竺家榮 譯

⑤美麗新世界
〔英〕奧爾德斯·赫胥黎 著　陳超 譯

⑥都柏林人
〔愛爾蘭〕詹姆斯·喬伊斯 著　王逢振 譯

⑦局外人
〔法〕阿爾貝·加繆 著　柳鳴九 譯

⑧月亮和六便士
〔英〕威廉·薩默塞特·毛姆 著　傅惟慈 譯

⑨柏拉圖對話集
〔古希臘〕柏拉圖 著　戴子欽 譯

⑩愛的教育
〔意〕埃德蒙多·德·亞米契斯 著　夏丏尊 譯

天地
www.cosmosbooks.com.hk

書　　名　泰戈爾散文詩選集（Rabindranath Tagore: An Anthology of Prose Poems）
作　　者　羅賓德拉納特・泰戈爾（Rabindranath Tagore）
譯　　者　吳　岩
編輯委員會　馬文通　梅　子　曾協泰
孫立川　陳儉雯　林苑鶯
責任編輯　陳幹持
美術編輯　郭志民
出　　版　天地圖書有限公司
香港皇后大道東109-115號
智群商業中心15字樓（總寫字樓）
電話：2528 3671　傳真：2865 2609
香港灣仔莊士敦道30號地庫／1樓（門市部）
電話：2865 0708　傳真：2861 1541
印　　刷　美雅印刷製本有限公司
香港九龍官塘榮業街 6 號海濱工業大廈4字樓A室
電話：2342 0109　傳真：2790 3614
發　　行　香港聯合書刊物流有限公司
香港新界大埔汀麗路36號中華商務印刷大廈3字樓
電話：2150 2100　傳真：2407 3062
出版日期　2019年3月／初版

ISBN ： 978-988-8547-55-5

本書譯文由上海譯文出版社有限公司授權繁體字版出版發行